英文單字

語源

圖解拆字，輕鬆學、快樂記！

圖鑑 2

清水建二、すずきひろし 著　本間昭文 繪　張佳雯 譯

<前言>

單字不用背！
圖解語源輕鬆學、快樂記！

　　2018年5月我和すずきひろし（Hiroshi Suzuki）老師共同完成的《英文單字語源圖鑑》，出版後銷售量立即爆發性成長，不到1年的時間竟然突破60萬本，成為語言學習書的特例。「語源圖鑑」可以說是我40年英文教學生涯的集大成之作，已經超越語言學習的範疇，成為下至10多歲、上至80多歲廣泛英文學習者的參考書，讓我喜出望外。

　　該書一改英文單字學習「單調無聊」的印象，將語源搭配插圖達到「輕鬆學、快樂記」的新概念，也是我長年以來的目標之一。

　　託各位的福，我每天都收到很多讀者的回響，在此容我介紹其中幾個，也可以說是如實呈現的本書特色。

●圖像化很容易記憶。

●英語語源的由來很有趣。

●「語源筆記」中有許多新發現，學到不少有趣的小知識。

●對於看不懂的單字，也可以大概推測出意思。

●希望能快一點出版續集。

⋯⋯大致如上。

英語單字的語源學習，一言以蔽之就是「**將英文單字拆成幾個零件，然後將各個零件的意義串聯起來，推測出字義**」的方法。所謂的零件，就像國字的「偏旁」，詳細內容可以參閱第8頁すずき老師的解說。英文的零件大致可以區分為「字首」「字根」「字尾」3種。在這之中，「**字根**」在單字的正中間，是組成字義的「**關鍵**」。

例如project（計畫、規畫）一字，將零件分解就是由pro（之前）＋ject（投擲）所組成，「在眾人之前投出」轉為「**計畫**」的意思。

如果了解字根ject是「投擲」的意思，那reject「re（向後）＋ject（投擲）」是「**拒絕**」；object「ob（朝向）＋ject（投擲）」是「**反對**」；subject「sub（向下）＋ject（投擲）」是「**服從**」；inject「in（裡面）＋

ject（投擲）」是「**注射**」。諸如此類，可以同時聯想到很多單字並輕鬆記住。

　　更進一步，把這些單字後面加上字尾ion，如projection（投射、投影）、rejection（拒絕）、objection（反對）、subjection（服從）、injection（注射），便可以同時記住衍生字，字彙能力隨之倍增。這就是「語源學習」的最大魅力。

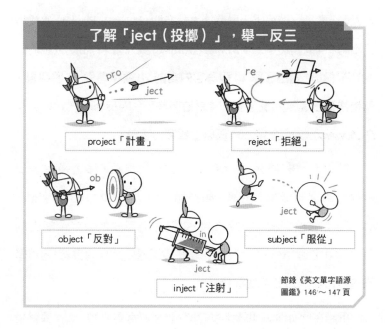

了解「ject（投擲）」，舉一反三

pro
ject

project「計畫」

re

reject「拒絕」

ob

object「反對」

ject

subject「服從」

in
ject

inject「注射」

節錄《英文單字語源圖鑑》146～147頁

本書是《英文單字語源圖鑑》的續集，因應許多讀者的期待，再次邀請插畫發想者すずきひろし老師，以及插畫家本間昭文先生攜手合作，以《英文單字語源圖鑑2》的形式出版。

編輯的基本方針乃是延續前一本著作，將12種類型的「字首」分成章節（chapter），總計12章，共有110個字根。

在前一本書的文宣中提出「用100個語源學會10,000單字！」的標語，這是根據美國明尼蘇達大學布朗（James I. Brown）教授所提出的「14個關鍵字（14 Master Words）」概念而來。布朗教授的研究結果指出，**藉由了解14個單字內含的20個字首與14個字根，就能推演出美國英文字典—《韋柏字典》**（*Webster's Collegiate Dictionary*）**收錄的14,000個以上單字的字義。**

對照本書有將近30個字首、110個字根，那透過本書能夠學到的字彙數量將更多。如果加上前一本書的103個字根，共計有213個字根。一般來說，以英語為母語的人字彙能力約為25,000字到30,000字左右，也就是說透過這系列的書籍，可以**學到接近母語能力的字彙數量。**

不過在此有件事想請大家諒解，也是非常重要的一點，那就是有些字根本書並未收錄。與前一本著作相同，本書最大的特色在於

「結合插圖與語源，記憶單字更有效率」，為了避免離題，所以在選材上有所取捨，還請大家理解。

今後讀者諸君在學習英語之際，如果看到本系列《英文單字語源圖鑑》上沒有的字根，一定要自行查詢。推薦大家使用Online Etymology Dictionary，這個網站可以追溯拉丁文、希臘文、日耳曼文、梵文等**語言的共通祖先——原始印歐祖語**，各位一定能在這裡有新的發現。雖然是全英文介面在使用上或許會有些障礙，但是如果用來查詢相同字根的單字，想必應該不會太難吧。大家也可以藉此製作屬於自己個人的英文單字語源筆記。

最後，希望本書能讓大家在英文學習上有長足的進展。

2019年7月　清水建二

何謂能讓字彙倍增的「語源」學習法？

　　語源學習法，是將組成英文單字的「零件（語源）」拆解分開看的方法。例如distribution、contributor、attribute、tribute，都有「-tribute」這個代表「給予」「分開」的字根，然後與各種字首與字尾結合，組成各種涵義。（參照Chapter 11-6）

具有字根「-tribute」的單字

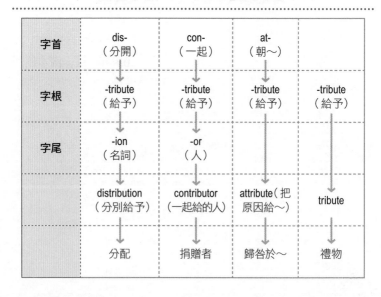

字首	dis- （分開）	con- （一起）	at- （朝～）	
字根	-tribute （給予）	-tribute （給予）	-tribute （給予）	-tribute （給予）
字尾	-ion （名詞）	-or （人）		
	distribution （分別給予）	contributor （一起給的人）	attribute（把 原因給～）	tribute
	分配	捐贈者	歸咎於～	禮物

語源的零件分為3種。主要位於字彙前面，用以表示方向、位置、時間關係、強調或否定的是「字首」；位於字彙中間，代表單字核心字義的是「字根」；還有位於字彙的最後方，賦予字彙詞性的「字尾」。

distribution

字首	字根	字尾
dis	tribute	ion
分開	給予	名詞

　　以 distribution 為例，「dis」是表示「從～離開」的方向字首；「tribute」是表示「給予」「分配」的字根；而「ion」則是表示名詞的字尾。

　　大部分的英文單字（**尤其是源自於拉丁文的單字**），語源的結構都是如此。接下來為大家詳細介紹，擁有字首、字根、字尾的知識將會有什麼功效吧。

語源學習法的3大功效

功效①

相同語源的單字將會連鎖式增加

　　一般提到學習單字，最先會想到的方式就是用單字本或單字記憶卡的「背誦法」。但是這種沒頭沒腦像是死背電話號碼的方法，即使單字記住了，仍然是毫無章法的混亂狀態。當然沒有辦法長久記憶，而且偏偏在需要時就是想不起來。

　　本書所介紹的語源學習法，是**利用語源的「關聯性」來記憶**。例如前面所舉的例子「tribute」，就是將語源共通的部分單字彙整記憶。這種「連鎖式」的記憶法，能讓相關聯的單字不斷倍增。如果一個個背誦單字是「加法」，那**語源學習法就是「乘法」**，學習效率截然不同。

字彙若具有關聯性就容易記憶！

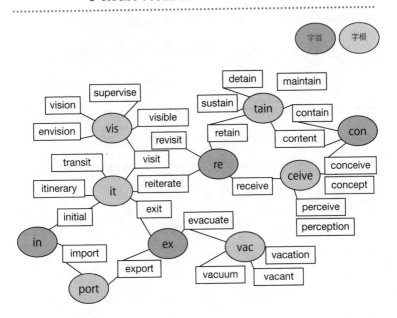

字首　字根

detain　maintain
supervise
vision　visible
envision　vis　sustain　tain　contain
revisit　content　con
transit　re　retain
itinerary　it　visit　receive　ceive　conceive
initial　reiterate　concept
in　exit　perceive
import　ex　evacuate　perception
export　vac　vacation
port　vacuum　vacant

功效②

了解語源，發現單字的「正確字義」

　　字典上的字義是「**譯意**」，並不一定就是單字的真正的「正確字義」。

　　例如 survey 和 inspect 兩者的譯意都是「檢查」，但是「字義」卻

大相逕庭，在上一本書中已有說明。換言之survey是「從上面（sur）看（vey）」，也就是「環視」「概觀」；相較之下inspect是「往裡面（in）看（spect）」，也就是「（細節）查詢」「檢查」之意。

身為續集，本書也收錄了同樣譯意為「檢查」「調查」的research。re（再次）＋search（到處搜尋）組成的research，就是「不斷地到處搜尋」，是指對於不了解的事物進行「調查」「研究」。更進一步，**如果知道search和circle是相同語源，就更容易了解「到處」的感覺了**。（參照Chapter 10-2）

像這樣知道語源，不只能了解「檢查」「調查」這些單字的字義和隱含的寓意，還能夠區分「相似單字」的意思。

其他諸如depict（描寫）、describe（描述、說明）、explain（說明）之間的差異，藉由閱讀本書就能更深入的了解（依序載於Chapter 9-3、Chapter 4-5、Chapter 2-3）。

同時，**對於「多義詞」的看法也會有所不同**。例如deliver比較常見的意思是「運送」，但是也有「履行」「實現」，甚至是「生產」的意思在。

了解語源，就了解字義！

survey	inspect	research
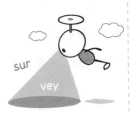		
sur（上面）+**very**（看） ➡ 從上面看 動 調查　名 調查	**in**（裡面）+**spect**（看） ➡ 往裡面看 動 檢查	**re**（再次）+**search**（到處尋找） ➡ 不斷到處尋找 動 研究　名 研究

　　乍看之下很難理解「運送」和「生產」有何關聯，但是透過語源「de（分開）+liver（自由）」=「釋放自由」，就可以了解。順道一提，足球或排球的「libero：自由選手」、政治上的「liberal：自由主義者」也有相同的語源（參照Chapter 9-6）。

　　了解語源之後，對於第一次看到的陌生單字，也能「約略」推敲出涵義。這就像看到國字的偏旁，可以猜出字義一樣。如果能達到這種程度，那英文單字的組成，已經不再只是一種記號。

功效③

語源搭配插圖，利用「圖像」深化記憶！

本書和前一本著作相同，每一個單字都附有一幅插圖，而且不只是單純的「插畫」，而是灌注**促進直覺式了解語源意義**巧思的圖解。比起以往容易流於枯燥單調的記憶法，更能**在大腦中構築出立體的字彙網絡**。

由於利用語源彙整了相關語，讓單字的字義更好記，即使一時遺忘，也很容易再回想起來。如此一來，**英文的閱讀能力、聽力都能大幅提升**。

利用圖像吸收資訊、強化記憶，就能留存於長期記憶中。請把圖像當作提示，天馬行空的想像單字的意象，這麼做一定能超越文字的「背誦界限」。

認識語源的過程，就是不斷「發現單字關聯性」的過程。例如如果知道 innovation、novelty 的 nov 是 new 的意思，那「薄酒萊新酒（法文：Beaujolais nouveau）」或是「新藝術」（法文：Art nouveau）等外來語組合，也很容易就能記得住，還能增廣見聞（參照 Chapter 7-10）。

好奇心是動機的泉源。請藉由閱讀本書，讓學習成為一種「樂趣」吧。

2019年7月　すずきひろし

本書的主要架構

❶參照右頁圖①所示，從Chapter 1～11，每一章都有一個或數個同類型的「字首」，然後解釋其涵義。如Chapter 1的字首是「inter-, dia-, per-」，代表性的單字有international和perish。

❷接著如右頁圖②所示，列出具有相同「字首」的 6 個字彙（interest, intellect, perform, pefume, diagram, dialogue）。

❸接下來如右頁圖③所示，再次列出具有相同「字首」的字彙（interpret），並解說該字彙的「字根」（見右頁圖④裡的圖解praise, price, prec, pret）。

❹再來如右頁圖④所示，列出有相同字根（praise, price, prec, pret）的 4 個單字（praise, precious, appreciate, depreciate）。

讀完本書，可以認識語源學習中最重要的 12 組字首，以及110個字根。書中所舉的例句，包含關聯字彙約有 1000 個，幾乎都是國高中程度的基本單字，因此初學者也能夠很輕鬆的學習。中級程度以上的讀者，也能將目前所學過的字彙，利用語源歸納整理、擴充。

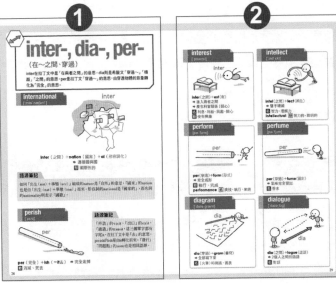

① inter-, dia-, per-

（在～之間、穿過）

inter在拉丁文中是「在兩者之間」的意思。dia則是希臘文「穿過～」「橫越」之意。per的意思是從拉丁文「穿過～」的意思，由穿透物體的意象轉化為「完全」的意思。

international
[ˌɪntɚˈnæʃənəl]

inter（之間）+nation（國家）+al（形容詞化）
⇒ 連接國與國
形 國際性的

如同「出生（nat）+事物（ure）」組成的nature是「自然」的意思，「國家」的nation也是由「出生（nat）+事物（ion）」來的。形容詞的national是「國家的」，而名詞的nationality則來自「國籍」。

perish
[ˈpɛrɪʃ]

per（完全）+ish（=行去）⇒ 完全消逝
動 消滅、死去

語源筆記

「拜訪」的visit、「出口」的exit、「過渡」的transit，這三個單字都有字尾it，在拉丁文中是「去」的意思。perish的ish是由同樣化而來，「履行」「問題點」的issue也是相同語源。

② interest
[ˈɪntrɪst]

inter（之間）+est（有）
⇒ 進入彼此之間
⇒ 產生利害關係（關心）
名 利息、利益、關心、興趣
動 使有興趣

intellect
[ˈɪntəˌlɛkt]

intel（之間）+lect（拾起）
⇒ 盡手揀擇
名 智力、理解力
intellectual 形 智力的、聰明的

perform
[pɚˈfɔrm]

per（穿過）+form（形式）
⇒ 完全成形
動 執行、完成
performance 名 表演、執行、業績

perfume
[ˈpɝˌfjum]

per（穿過）+fume（冒出）
⇒ 四處完全冒出
名 香水

diagram
[ˈdaɪəˌgræm]

dia（穿過）+gram（書寫）
⇒ 全部記下來
名 （事項）時刻表、圖表

dialogue
[ˈdaɪəˌlɔg]

dia（穿過）+logue（言語）
⇒ 2個人之間的話語
名 對話

1-1　praise, price, prec, pret = 價值、（私下）交易

interpret
[ɪnˈtɝprət]

inter（之間）+pret（交易）
⇒ 從中交易
動 口譯、解釋

相關字彙 interpreter 名 口譯（者）
interpretation 名 口譯、解釋

I interpreted his silence as anger.
我把他的沉默解釋成憤怒。

I'd like to be a simultaneous interpreter.
我想成為同步口譯。

語源筆記

prec的原意是商品的「價值」「價格」，是由買賣雙方的交易所決定。price源自「銷售」「代價」的意思，結同為「價格」；另外，priceless是無法標價的「無價之寶」。

④ praise
[prez]

動 讚揚、讚美
名 讚揚的話、讚美的話

He was praised for his courage.
他的勇氣，獲得讚賞。

⇒ 賦予價值

precious
[ˈprɛʃəs]

形 貴重的、寶貴的

What is the most precious thing in life?
人生中最重要的是什麼？

prec（價值）+ous（形容詞化）
⇒ 有價值的

appreciate
[əˈpriʃɪˌet]

動 賞識、感謝、增值
appreciation 名 鑑賞、增值、欣賞

The dollar is appreciating these days.
最近美元升值。

ap（加～）+prec（價值）+ate（動詞化）
⇒ 增值

depreciate
[dɪˈpriʃɪˌet]

動 降價、貶值
depreciation 名 跌價、輕視

The dollar is depreciating against the euro.
美元兌歐元的匯率有貶值。

de（往下）+prec（價值）+ate（動詞化）
⇒ 貶值

17

Chapter 3 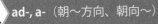 ad-, a- （朝～方向、朝向～）

Chapter 4 pre-, pro- （前面）

Chapter 5 e(x)-, extr(a)- （外面、超過）

Chapter 6 co-, con-, com- （一起、完全）

Chapter 7 in-, en-, em- （裡面、完全）

Chapter 8 **in-, un-, a-**（不是～）

Chapter 9 **de-, sub-**（下面）

Chapter 10 re- （再次、向後、完全）

Chapter

inter-, dia-, per-
(在～之間、穿過)

inter-, dia-, per-
(在～之間、穿過)

inter在拉丁文中是「在兩者之間」的意思。dia則是希臘文「穿過～」「橫越」「之間」的意思。per是拉丁文「穿過～」的意思,由穿透物體的意象轉化為「完全」的意思。

international
[ɪntə`næʃən!]

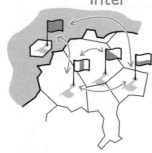

inter(之間)+**nation**(國家)+**al**(形容詞化)
➡ 連接國與國
形 國際性的

語源筆記

如同「出生(nat)+事態(ure)」組成的nature是「自然」的意思,「國家」的nation也是由「出生(nat)+事態(ion)」而來。形容詞的national是「國家的」,而名詞的nationality則表示「國籍」。

perish
[`pɛrɪʃ]

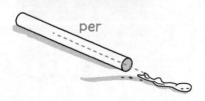

語源筆記

「拜訪」的visit、「出口」的exit、「通過」的transit,這三個單字都有字尾it,在拉丁文中是「去」的意思。perish的ish是由it轉化而來。「發行」「問題點」的issue也是相同語源。

per(完全)+**ish**(=**it**去)➡ 完全走掉
動 消滅、死去

interest
[`ɪntərɪst]

inter

inter（之間）+est（有）
➡ 進入兩者之間
➡ 產生利害關係（關心）
名 利息、利益、興趣、關心
動 使有興趣

intellect
[`ɪntḷˌɛkt]

intel（之間）+lect（抓住）
➡ 雙手環繞
名 智力、理解力
intellectual 形 智力的、聰明的

perform
[pɚˋfɔrm]

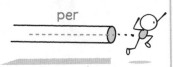

per

per（穿過）+form（形式）
➡ 完全成形
動 執行、完成
performance 名 演技、執行、業績

perfume
[pɚˋfjum]

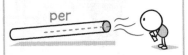

per

per（穿過）+fume（冒出）
➡ 氣味完全冒出
名 香水

diagram
[`daɪəˌgræm]

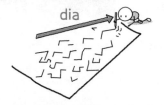

dia

dia（穿過）+gram（書寫）
➡ 全部寫下來
名 （火車）時刻表、圖表

dialogue
[`daɪəˌlɔg]

dia

dia（之間）+logue（話語）
➡ 2個人之間的話語
名 對話

29

1-1　praise, price, prec, pret ＝ 價值、(私下)交易

inter**pret**

[ɪn`tɚprɪt]

inter（之間）＋pret（交易）

➡ 從中交易

動 口譯、解釋

關聯字彙 ➡ interpreter 名 口譯（者）
　　　　　　 interpretation 名 口譯、解釋

I interpreted his silence as anger.
我把他的沉默解釋為憤怒。

I'd like to be a simultaneous interpreter.
我想成為同步口譯。

語源筆記

price的原意是商品的「價值」「價格」，是由買賣雙方的交易所決定。price還有
「犧牲」「代價」的意思，動詞為「標價」。另外，priceless是無法標價的「無價
之寶」。

➡ 賦予價值

praise

[prez]

動 讚揚、讚美
名 讚揚的話、讚美的話

He was praised for his courage.

他的勇氣獲得讚賞。

preci（價值）＋ous（形容詞化）

➡ 有價值的

precious

[`prɛʃəs]

形 貴重的、寶貴的

What is the most precious thing in life?

人生中最重要的是什麼？

a(p)（給～）＋preci（價值）＋ate（動詞化）

➡ 標價

appreciate

[ə`priʃɪ,et]

動 賞識、感謝、增值
appreciation 名 感謝、增值、欣賞

The dollar is appreciating these days.

最近美元升值。

de（往下）＋preci（價值）＋ate（動詞化）

➡ 貶值

depreciate

[dɪ`priʃɪ,et]

動 降價、貶值
depreciation 名 跌價、輕視

The dollar is depreciating against the euro.

美元兌歐元的匯率貶值。

1-2　sect, seg, sex ＝ 切、分開

intersection

[ˌɪntɚˈsɛkʃən]

inter（之間）＋**sect**（切）＋**ion**（名詞化）

➡ 從中間切斷

名 **十字路口**

關聯字彙 ➡ **intersect** 動 交叉、橫斷

Turn right at the next intersection.
下個**十字路口**右轉。

The streets of the town intersect at right angles.
這個小鎮的街道都是呈直角**交叉**。

語源筆記

表示「男女別」或「性」的sex，可追溯自印歐祖語中有「切開」「分開」之意的sek。「兩性的」「性別的」是sexual，「中性的」「性冷淡」是sexless，「性別歧視（主義）」是sexism。將「章（chapter）」細分的就稱為「節（section）」。殺蟲劑（insecticide）的cide（切）則是另一個語源。

sect

[sɛkt]

名 宗派、派系、黨派

Islam has two sects: the Sunnis and the Shias.
伊斯蘭教有兩個宗派：遜尼派與什葉派。

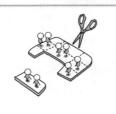

➡ 劃分

---

insect

[`ɪnsɛkt]

名 昆蟲

I got a lot of insect bites.
我被蟲咬了很多包。

in（裡面）＋sect（切開）

➡ 從裡面切開

---

insecticide

[ɪn`sɛktə͵saɪd]

名 殺蟲劑

We use no insecticides or herbicides.
我們不使用殺蟲劑或除草劑。

insect（昆蟲）＋cide（切割）

➡ 切割昆蟲

---

segment

[`sɛgmənt]

名 分割、部分

One segment of this jigsaw puzzle is missing.
這個拼圖玩具少了一片。

seg（切割）＋ment（名詞化）

➡ 切割後分開

1-3　leg, lig＝選擇、收集、法律

inte**lig**ence

[ɪn`tɛlədʒəns]

intel（之間）＋lig（選擇）＋ence（名詞化）

➡ 從很多東西中選出一個

名 智能、理解力

關聯字彙 ➡ intelligent 形 高智能、具有智能

AI stands for artificial intelligence.
AI是人工智能的意思。

A chimpanzee is an intelligent animal.
黑猩猩是擁有高智商的動物。

語源筆記

「大學」的college是「一起（col）＋選中（leg）」，表示人們聚集在一個地方。被挑選出來的人（如醫生、律師、大學教授等專業人士或是公職人員）的「同事」是colleague。「傳說」的legend，原意是從以前到現在「選擇並流傳下來的故事」。

diligent

[`dɪlədʒənt]

形 勤勉的
diligence 名 勤勉

The Japanese are known as a **diligent** people.
日本人以勤奮的民族著稱。

di(s)（分開）+lig（選擇）+ent（形容詞化）
➡ 揀選

eligible

[`ɛlɪdʒəb!]

形 適任的、具有資格的
ineligible 形 不適任、不具資格

People over 20 are **eligible** to vote in Taiwan.
在台灣20歲以上才有投票資格。

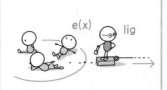

e（外面）+lig（選擇）+ible（形容詞化）
➡ 選出來

illegal

[ɪ`lig!]

形 違法的
legal 形 合法的、法律的

It's **illegal** to park cars in this area.
在此區域停車是違法的。

i(l)（不是～）+leg（法律）+al（形容詞化）
➡ 不合法

privilege

[`prɪv!ɪdʒ]

名 特權、榮譽
動 給予特權
privileged 形 有特權的

It's a **privilege** to meet you.
很榮幸見到您。

privus（＝private個人的）+leg（法律、選擇）
➡ 個人的法律

1-4　gno, kno＝知道

dia**gnosis**

[ˌdaɪəg`nosɪs]

gno

dia

dia（之間、穿過）＋**gno**（知道）＋**sis**（名詞化）

➡ 了解體內

名 **診斷、分析**

關聯字彙 ➡ **diagnose** 動 **診斷**

What was the diagnosis?
診斷結果如何？

He was diagnosed with cancer.
他診斷出有癌症。

語源筆記

know「知道」一字，源於印歐祖語「知道」之意的gnō，現代英文轉為gno或
kno，有很多單字去掉g或k只留no，也帶有「知道」的意思，如note「筆記」、
notice「通知、公告、引起注意」、notion「想法、概念」、notify「通知」、noble
「高貴的」、notorious「惡名昭彰」。

36

ignore

i（不是～）+gno（知道）
➡ **不知道**

[ɪgˋnor]
動 無視
ignorant 形 不知道、無知的
ignorance 名 不知、無知

Don't ignore the facts.
不要對事實視而不見。

---

recognize

re（再次）+co（一起）+gnize（知道）
➡ **再次認識**
➡ **一看就知道**

[ˋrɛkəgˏnaɪz]
動 認出、認可
recognition 名 認識、承認

I couldn't recognize him at first.
我一開始沒認出是他。

---

knowledge

know（知道）+ledge（做）
➡ **知道的事**

[ˋnɑlɪdʒ]
名 知識、知道、了解
knowledgeable 形 精通

He has knowledge of the Latin language.
他懂拉丁文。

---

acknowledge

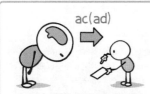

ac(ad)

ac（=ad朝向~）+know（知道）
+ledge（做）
➡ **知道～**

[əkˋnɑlɪdʒ]
動 認可、承認
acknowledgement 名 認識、承認

He acknowledged having lied to me.
他承認對我說了謊。

1-5　mens, meter, metry ＝ 測量

dia**meter**

[daɪˋæmətɚ]

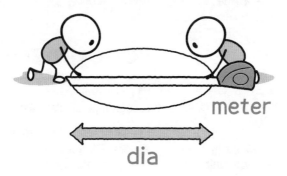

meter

dia

dia（通過）＋**meter**（測量）

➡ 由圓周上的一點通過中心點抵達對側圓周的長度

名 **直徑**

關聯字彙 ➡ diametrical 形 直徑的、正相反的
　　　　　diametrically 副 完全、全部

Draw a circle with a diameter of 10 centimeters.
請畫出直徑10公分的圓形。

Our opinions are diametrically opposed.
我們的立場完全相反。

語源筆記

symmetry「左右對稱」是「相同（sym）＋測量（metry）」；asymmetry「非對稱」是「沒有（a）＋相同（sym）＋測量（metry）」。字尾使用meter是「測量」的意思，thermometer是「溫度計」、barometer是「氣壓計、晴雨計」、pedometer是「計步器」、speedometer是「速度計」。meal「膳食」的原意是「實測時間」。semester「2學期制的學期」是「se＝six」＋「mester＝moon」，表示量6次1個月。

geometry

[dʒɪˋɑmətrɪ]

名 幾何學、形狀
geometric 形 幾何學的、幾何學上的

I was good at geometry.
我很擅長幾何學。

geo（地球）＋metry（測量）
➡ 測量地球

immense

[ɪˋmɛns]

形 巨大的、無限的
immensity 名 巨大、無限

He left an immense fortune for his family.
他留給家人龐大的財產。

im（不是～）＋mense（測量）
➡ 無法測量

dimension

[dɪˋmɛnʃən]

名 （長、寬、高、深）尺寸、維度

I measured each dimension of the room.
我丈量了房間的長寬高。

di（＝dis分開）＋mens（測量）
＋ion（名詞化）
➡ 分開測量

measure

[ˋmɛʒɚ]

名 基準、程度、手段
動 測量

Can you measure the length of the bed?
可以幫我測量床鋪的長度嗎？

meas（測量）＋ure（名詞化）
➡ 測量

1-6　lect＝收集、讀、說

dialect

[ˋdaɪəlɛkt]

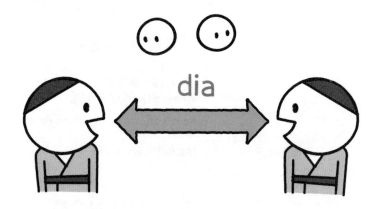

dia

dia（之間）＋**lect**（說話）

➡ 特定區域人們之間所說的話

名 方言、鄉音

關聯字彙 ➡ **dialectal** 形 方言的

I don't understand his dialect at all.
他的鄉音我完全聽不懂。

There are dialectal differences between the two.
兩種方言之間有差異。

語源筆記

collect是「一起（col）＋收集（lect）」，「收集」相似的物品的名詞collection是「收藏品」、collector是「收藏家」、形容詞的collective是「集體、聚集」的意思。授課lecture是由「收集話語閱讀、談論（lect）＋事情（ure）」所組成。

elect

e（外面）+lect（收集）
➡ 選出

[ɪˋlɛkt]
動（投票）選擇
election 名 選舉

He was elected mayor of this city last year.

他在去年當選本市市長。

select

se（分開）+lect（收集）
➡ 選出

[səˋlɛkt]
動（慎重）挑選　形 精選的
selection 名 選擇、被挑選出來的人
（物品）

He was selected for the national team.

他被國家隊選中。

recollect

re（再次）+co(l)（一起）+lect（收集）
➡ 將以往的記憶收集在一起

[͵rɛkəˋlɛkt]
動 回憶
recollection 名 回憶、往事

I cannot recollect my phone number.

我想不起來自己的電話號碼。

neglect

neg（不是～）+lect（收集）
➡ 沒有收集 ➡ 怠慢

[nɪgˋlɛkt]
動 忽略、疏忽
negligence 名 疏忽、粗心
negligent 形 怠慢的、疏忽的

Don't neglect your studies.

不要怠忽課業。

1-7　ang, ank, gon ＝ 彎曲、角度

dia**gonal**

[daɪˋægənḷ]

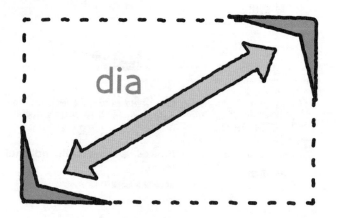

dia（穿過）＋**gon**（角）＋**al**（形容詞化）

➡ 穿過角與角

形 **對角線、斜線**

關聯字彙 ➡ diagonally 副 斜向的

Draw a diagonal line.
畫一條**對角線**。

Slice the sandwich diagonally.
三明治請**對角**切開。

語源筆記

angle「角」在印歐祖語中是來自表示「彎曲」的ang或ank。「三角形」是triangle、「四方形」是quadrangle。但「五角形」以上則是使用印歐祖語代表「膝蓋」或「角」的genu的衍生字gon，如pentagon（五角形）、hexagon（六角形）、heptagon（七角形）、octagon（八角形）、nonagon（九角形）、decagon（十角形）。

anchor

anch（彎曲）＋or（物）
➡ 彎取的物品

['æŋkə]

名 錨、靠山、新聞主播

A huge passenger liner is at anchor.
巨大的船舶停靠中。

---

ankle

ank（彎曲）＋le（表示小的字尾）
➡ 彎曲的物品

[æŋk!]

名 腳踝

I twisted my right ankle.
右腳踝扭傷了。

---

angler

ang（彎曲）＋le（表示小的字尾）＋er（人）
➡ 拿著魚鉤的人

['æŋglə]

名 垂釣者
angle 動 垂釣
angler fish 名 鮟鱇魚

There were many anglers on the lake.
湖邊有很多釣客。

---

rectangle

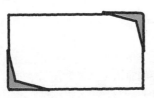

rect（直立）＋angle（角）
➡ 直角

[rɛk`tæŋg!]

名 長方形
rectangular 形 長形的

That rectangle is 10 cm long and 20 cm wide.
那個長方形長10公分、寬20公分。

1-8　man, main = 停留

per**manent**
[`pɝ·mənənt]

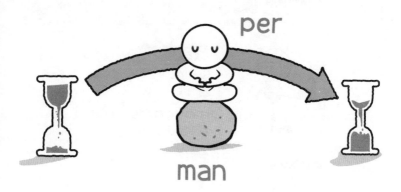

per

man

per (通過) + man (停留) + ent (形容詞化)

➡ 一直都在

形 永久的、常設的　　名 燙髮

關聯字彙 ➡ **perm** 動 燙頭髮　名 燙髮

Permanent peace is only an illusion.
永久的和平只不過是幻想。

I'll get my hair permed.
我要去燙頭髮。

語源筆記

mansion是源自拉丁文「停留」之意的manere，是由法文傳入英文的單字，意思是「宅邸」。美式英語中的apartment或英式英語的flat，一般指稱租賃的公寓大樓，另外美式英語的condominium又簡稱condo，表示擁有所有權的自住公寓。法文的「家」是maison，而maisonette是由「家 (maison) ＋小東西 (ette)」所組成，表示「共同住宅式的2層樓公寓」。

remain

[rɪˋmen]

動 剩下、保持、尚待
名 （複數）剩餘物、遺跡

The problem remains unsolved.
問題尚未決。

main　　re

re（後面）＋main（停留）
➡ 留下來

remainder

[rɪˋmendɚ]

名 剩餘物

You must pay the remainder of your invoice.
你必須支付帳單的餘額。

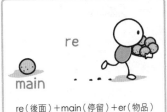

re
main

re（後面）＋main（停留）＋er（物品）
➡ 遺留下的東西

remnant

[ˋrɛmnənt]

名 殘餘、殘骸、遺風

The remnants of the meal are frozen.
吃剩的食物要冷凍保存。

remain（殘留）＋ant（物品）
➡ 遺留下的東西

manor

[ˋmænɚ]

名 莊園、宅邸

The lord lived in a manor house.
領主住在莊園中。

man（停留）＋or（物品）
➡ 停留的地方

1-9　seq(u), sec(ute) = 持續、遵從

persecute

[ˋpɝsɪˌkjut]

per

per (穿過) + **secute** (持續)

➡ 持續追趕

動 迫害、困擾

關聯字彙 ➡ persecution 名 迫害

The Romans persecuted Christians.
古羅馬人曾**迫害**基督教徒。

It's just your persecution complex.
這只不過是你自己的**被害妄想**。

語源筆記

secu及sequi在拉丁文中都是「持續」的意思。second「秒」是minute「分」的接續單位，second「第二」是first「第一」後面的順位。花式滑冰中的「接續步step sequence」是要一邊在冰上畫出圖形一邊做出動作。

pro（前面）＋secute（持續）
➡ 持續進行程序

prosecute

[`prɑsɪ͵kjut]

動 起訴、告發

prosecution 名 起訴、告發

prosecutor 名 檢察官

The suspect was prosecuted.

該名嫌疑犯被起訴。

ex（外面）＋(se)cute（持續）
➡ 跟到外面
➡ 做到最後

execute

[`ɛksɪ͵kjut]

動 處死、實行

executive 名 高級官員
　　　　　 形 經營管理的

execution 名 死刑、實行

The queen was executed.

女王被處死。

con（一起）＋sequ（持續）＋ence（名詞化）
➡ 跟著一起來

consequence

[`kɑnsə͵kwɛns]

名 結果、重要

consequently 副 結果

It caused a serious consequence.

導致重大的後果。

sub（下面）＋sequ（持續）＋ent（形容詞化）
➡ 往下繼續

subsequent

[`sʌbsɪ͵kwɛnt]

形 後來的、隨後的

subsequently 副 隨後

Two subsequent meetings were held.

隨後又召開兩次會議。

Chapter

sur-, trans-, super-
（在上面、超越、超過）

sur-, trans-, super-
（在上面、超越、超過）

sur在拉丁文中是「在～之上」「超過～」之意，經由法語傳入而成為super。
trans是拉丁文「橫越～」「超越～」之意。

surrealism
[sə`rɪəl‚ɪzəm]

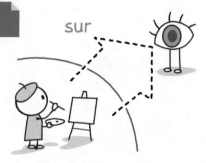

sur（超越）＋**real**（現實）＋**ism**（主義）
➡ 超現實主義
名 超現實主義

語源筆記

surrealism「超現實主義」用以形容想法或行為超現實，其中real的語源是「現實
存在的東西(re)＋的(al)」，表示非幻想的「真實」的意思。「現實」是reality、「現
實主義」是realistic、「實現」是realize。

transatlantic
[‚trænsət`læntɪk]

trans（越過）＋**atlantic**（大西洋）
➡ 橫越大西洋
形 橫越大西洋

語源筆記

大西洋「Atlantic Ocean」的語源，
是來自傳說在1天之內就沉入大海中
的樂土——亞特蘭提斯（Atlantis）。
Atlantis在希臘文中表示「亞特拉斯
（Atlas）的女兒」之意，亞特拉斯是
希臘神話中，因為拂逆宙斯而被罰以
肩膀頂天的巨人。以前在「地圖集」的
卷首，都會有亞特拉斯扛著地球的圖
畫，所以atlas也有「地圖集」之意。

surtax
[`sɚ͵tæks]

sur(超越)+tax(稅金)
➡ 超過一定金額以上要課的稅金
名 附加稅

surveillance
[sɚ`veləns]

sur(從上面)+vei(看)+ance(名詞化)
➡ 從上面看
名 監視、視察
survey 動 調查 名 調查

superpower
[͵supɚ`paʊɚ]

super(超越)+power(力量)
➡ 超越力量的東西
名 超強大國

translate
[træns`let]

trans(越過)+late(搬運)
➡ 運到別的地方
動 翻譯、解釋
translation 名 翻譯

tradition
[trə`dɪʃən]

tra(超越)+di(給予)+tion(名詞化)
➡ 超越時代傳承的東西
名 傳統、傳說
traditional 形 傳統的

transient
[`trænʃənt]

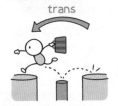

trans(跨越)+ient(走)
➡ 跨越行走
形 一時的、路過的

51

2-1　pris, priz, ghend ＝ 抓、取

sur**prise**

[sə`praɪz]

sur（從上面）＋prise（抓）

➡ 從上面抓住嚇一跳

動 吃驚

關聯字彙 ➡ surprising 形 令人驚訝的、出人意表的

We were surprised to hear the news.
我們聽到訊息感到很吃驚。

There's nothing surprising in his idea.
他的想法沒有任何令人驚奇之處。

語源筆記

「獎金、獎品」之意的prize是指「獲取的東西」。監禁抓到的犯人的「監獄」是prison，「受刑人」是prisoner，「入獄」是imprison。肉食動物捕捉「獵物」是prey，該字源自於拉丁文「抓取」之意的prendre，還能回溯到印歐祖語的ghend。ghend經由日耳曼語轉為get。

com (一起) + prise (抓)
➡ **抓在一起**

comprise

[kəm`praɪz]

動 由～組成、包含

The town's population is comprised of mainly Asians.

這個城鎮的人口主要由亞洲人所組成。

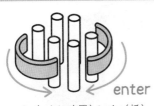

enter (＝inter之間) + prise (抓)
➡ **雙手抓住**

enterprise

[`ɛntə,praɪz]

名 (新)企業／公司、創業、積極性
entrepreneur 名 創業家

His dream is to be the CEO of a huge enterprise.

他的夢想是成為大公司的CEO。

com (完全) + pre (前面) + hend (抓)
➡ **完全抓住**

comprehend

[,kɑmprɪ`hɛnd]

動 理解、包含
comprehensive 形 包含的
comprehension 名 理解(力)

No one could comprehend these phenomena.

沒有能人理解這些現象。

a(p) (把～) + pre (前面) + hend (抓取)
➡ **當面抓犯人**

apprehend

[,æprɪ`hɛnd]

動 逮捕
apprehension 名 逮捕、不安
apprehensive 形 不安的

The police failed to apprehend the suspect.

警察沒有逮捕到嫌疑犯。

2-2　act, ag＝動作、實行

transact

[træns`ækt]

trans

trans（跨越）＋**act**（實行）

➡ 跨越兩者之間

動 （業務、交易）處理

關聯字彙 ➡ transaction 名 交易、處理

The deal was successfully transacted.
這筆交易順利辦妥。

Most transactions are done over the phone.
大部分的交易是透過電話進行。

語源筆記

act的名詞是「行動」之意，動詞則是「舉行、扮演」的意思。形容詞active是「活躍的、積極的」、actual是「實際的」，而名詞的action則是「行動」、activity是「活動」、actor是「演員」。這些字彙中的act，都源於印歐祖語中「移動」「驅趕」之意的ag。

react

[rɪˋækt]

動 反應

reaction 名 反應

How did you react to his comments?

你對他的評論有什麼反應？

re（再次）＋act（實行）

➡ 對於對方的行動有所反應

---

exact

[ɪgˋzækt]

形 確切的、正確無誤的

exactly 副 確切地、完全地

What's the exact meaning of this word?

這個單字確切的意思是什麼？

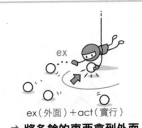

ex（外面）＋act（實行）

➡ 將多餘的東西拿到外面

---

agent

[ˋedʒənt]

名 代理商、代理人、間諜

agency 名 代理商、專業行政機構

He used to be an FBI agent.

他曾經是美國聯邦調查局探員。

ag（實行）＋ent（人）

➡ 實行的人

---

agenda

[əˋdʒɛndə]

名 議程、問題、課題

What's today's agenda?

今天的議題是什麼？

ag（實行）＋enda（做～）

➡ 應該做的事

2-3　plan(t), plat, flat＝平坦

transplant

動 [træns`plænt]；名 [`træns,plænt]

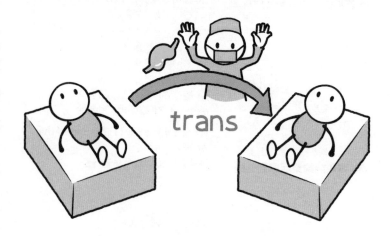

trans

trans（跨越）＋plant（種植）

➡ 將器官從一個人身上移到另一個人身上

動 移植、移種　名 移植手術

Her kidney was transplanted into her son.

她的腎臟移植給兒子。

A liver transplant was the best option.

肝臟移植是最好的選擇。

語源筆記

表示「場所」的place，原意是「平坦廣闊」，經由西班牙文傳入英文的plaza「廣場」就還保有「廣闊」的意思。「（種植）植物」的plant是源自以寬平腳掌種植植物。其他具有平坦意象的還有「盤子」的plate、扁扁平平的「鰈魚」是plaice、「平面」或「飛機」的plane，來自設計平面圖的plan「計畫」。pla的p變化為f的flat是「平坦」、flan是「布丁」。

plain

[plen]

形 清楚的、樸素的、率直的
名 平原

I'll make it plain.
我會說清楚講明白。

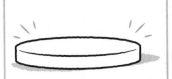

➡ 平坦的大地
➡ 沒有裝飾 ➡ 清楚的

explain

[ɪk`splen]

動 說明
explanation 名 說明

Will you explain it in detail?
可以跟我詳細說明嗎?

plain

ex（外面）＋plain（清楚的）
➡ 表現情緒

flatter

[`flætə]

動 諂媚、奉承
flattery 名 奉承
flat 形 平坦、單調
副 恰好、正巧

You don't have to flatter your boss.
你沒必要對上司阿諛奉承。

flat（平坦）＋er（反覆）
➡ 不斷彎腰

plateau

[plæ`to]

名 高原、穩定水準（景氣）

Inflation rates have reached a plateau.
通貨膨脹率進入穩定。

➡ 平坦的台地

2-4　(o)und＝起浪

sur**round**

[səˋraʊnd]

sur（上面）＋**(o)und**（起浪）

➡ 充滿

動 包圍

關聯字彙 ➡ surroundings 名 環境

The village is surrounded by a forest.
這個村落森林環繞。

It's situated in comfortable surroundings.
那裡環境舒適。

語源筆記

「起浪」之意的und，語源是來自印歐祖語中表示「水」「濕」的wed。water（水）、wet（濕）、 wash（洗）、 whiskey（威士忌）、 winter（冬天）都是來自相同語源。otter（水獺）、vodka（伏特加）的語源亦同。

ab（從～離開）+und（起浪）
+ant（形容詞化）
➡ **波濤洶湧**

abundant

[ə`bʌndənt]

形 豐富的、充裕的
abound 動 大量存在、富足

The river is abundant in fish.
這條河有很多魚類。

re（再次）+und（起浪）+ant（形容詞化）
➡ **不斷有風浪**

redundant

[rɪ`dʌndənt]

形 過剩的、冗長的
redundancy 名 多餘、冗長

Half the workforce is redundant.
有半數的員工都是多餘的。

und（起浪）+late（動詞化）
➡ **起風浪**

undulate

[`ʌndjə͵let]

動 波動、起浪
undulation 名 起伏（動作）、波狀

The hills are undulating.
山巒起伏。

in（裡面）+und（起浪）+ate（動詞化）
➡ **裡面滿溢**

inundate

[`ɪnʌn͵det]

動 撲來、淹水
inundation 名 氾濫、洪水、撲來

The flood inundated the whole village.
洪水淹沒了村莊。

Chapter

3

ad-, a-

（朝～方向、朝向～）

ad-, a-

(朝～方向、朝向～)

字首ad源自於拉丁文,是「朝～方向」的意思,相當於英文的介係詞「to」。還有從「朝著～前進」的意思轉化為表示「朝向」,相當於英文介係詞「at」。ad根據後面接續的字母,也會變化為ac, ap, as, at, ar, al等,有些則是變成單一個a。

adverb
[ˈædvɚb]

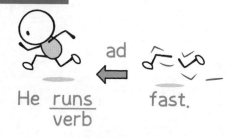

He <u>runs</u> fast.
　　verb

ad(朝～方向)+**verb**(動詞)
➡ 往動詞的方向
名 副詞

語源筆記

拉丁文中的verb是「言語」的意思,verbal是「言語的」或「口頭上的」、nonverbal則是「不使用語言」的意思。verb本身也被當成「動詞」的意思使用。

amaze
[əˈmez]

語源筆記

表示「驚奇、驚訝」意思的動詞不少,amaze的驚訝程度幾乎與astonish「吃驚」一樣,但是比surprise「詫異」強,卻又比astound「震驚」弱。

a(朝～方向)+**maze**(迷宮) ➡ **往迷宮走** ➡ **迷路很困惑**
動 驚奇　**amazing** 形 驚人的、令人吃驚的　**amazement** 名 驚奇

ad-lib
[ˈædˈlɪb]

ad(朝～方向)＋libitum(喜悦)
➡ 往自己喜歡的方向走 ➡ 隨自己喜好
形 即興的 副 即興地 動 即興

adorn
[əˈdɔrn]

ad(朝～方向)＋orn(＝order順序、秩序)
➡ 按照順序
動 裝飾

adore
[əˈdor]

ad(朝～方向)＋ore(説話)
➡ 跟神說話
動 崇拜、熱愛
adorable 形 可愛的

assure
[əˈʃʊr]

as(ad)

a(s)(朝～方向)＋sure(確定)
➡ 朝著確定的方向
動 保證、使確信

attempt
[əˈtɛmpt]

at(ad)

a(t)(朝～方向)＋tempt(誘惑)
➡ 往誘惑的方向去
動 試圖 名 企圖

arrange
[əˈrendʒ]

a(r)(朝～方向)＋range(種類、範圍)
➡ 依照種類排列
動 整理、安排
arrangement 名 安排、整理

63

3-1　bri, brev, brac ＝ 短

abridge

[ə`brɪdʒ]

a（朝～方向）＋bridge（短）

➡ 朝短的方向

動 縮短、刪減

關聯字彙 ➡ abridged 形 簡略（版）的

Abridge **the content to within 100 words.**
請將內容濃縮為100字以內。

This abridged edition **was published in 2000.**
簡略版於2000年發行。

語源筆記

bracelet「手鐲」的brace，原意是兩手臂打開時的寬度，表示「短」。男性的三角短褲briefs是以複數形態表示，請特別注意。皮製的公事包briefcase，原意是「簡單的容器」。

brief

[brif]

形 短暫的、簡潔的 名 概要、(～s)
三角內褲 動 簡報
briefing 名 簡報、作戰指令

Keep your explanation as brief as possible.

說明請盡可能簡潔。

➡ 短

abbreviate

[ə`brivɪˌet]

動 縮寫、省略
abbreviation 名 縮寫、省略式

"Kilometer" is usually abbreviated to "km."

「Kilometer」通常被縮寫為「km」。

a(b)（將～）+brev（短）+ate（動詞化）
➡ 將～縮短

brevity

[`brɛvətɪ]

名 簡潔

Brevity is the soul of wit.

簡潔是智慧的精髓。

brev（短）+ity（名詞化）
➡ 短

embrace

[ɪm`bres]

動 擁抱、包含
名 擁抱

He embraced her tightly.

他緊緊擁抱著她。

em（裡面）+brace（短手臂）
➡ 放入手臂中

3-2　cas, cid ＝ 掉落

ac**cident**

[`æksədənt]

ac(ad)

a(c)（朝～方向）＋**cid**（掉落）＋**ent**（名詞化）

➡ 掉下來的東西

名 事故、偶然

關聯字彙 ➡ accidental 形 偶然的

accidentally 副 意外地、偶然地

I had an accident **on the way.**

我在途中遭遇事故。

I accidentally **dropped my camera.**

我不小心弄丟相機。

語源筆記

源自印歐祖語「掉落」「降落」之意kad的字彙，如chance（機會）、case（箱子、場合、事件）、occasion（場合、機會、事件）、 casualty（死傷者、被害者）、cascade（小瀑布）等。

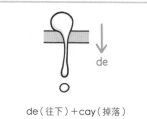

de（往下）+cay（掉落）
➡ **下降**

decay

[dɪˋke]

動 腐敗
名 腐敗

Meat decays quickly in warm weather.

肉類在溫暖的天氣會迅速腐敗。

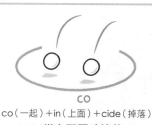

co（一起）+in（上面）+cide（掉落）
➡ **從上面同時掉落**

coincide

[ˌkoɪnˋsaɪd]

動 同時發生、一致
coincidence 名 （偶然的）一致、同時發生

My vacation coincided with his.

我休假的時間和他的恰巧一樣。

in（上面）+cid（掉落）+ent（名詞化）
➡ **從上面掉落**

incident

[ˋɪnsədnt]

名 事件、事變、紛爭
incidental 形 附隨的
incidentally 副 伴隨而來的、順道一提

The incident occurred at noon.

這個事件發生在中午。

o(c)（朝向）+cid（掉落）+ent（名詞化）
➡ **往日落的方向**

Occident

[ˋaksədənt]

名 西洋
Occidental 形 西洋的

He traveled all over the Occident.

他遊遍西方國家。

3-3　　equ＝相同、平坦

adequate

[ˋædəkwɪt]

ad（朝～方向）＋eqa（相同）＋ate（形容詞化）

➡ 朝相同的方向

形 足夠的、差強人意的

關聯字彙 ➡ **adequately** 副 充足地、適當地

This meal is adequate for five.

這些餐點足夠5個人享用。

I'm not adequately prepared for the test.

我考試準備不太充足。

語源筆記

位於南美洲中部赤道正下方的國家——厄瓜多（Ecuador），在西班牙文中就是「赤道」的意思。英文的赤道「equator」，語源來自「相同（equ）＋做（ate）＋東西（or）」，意思是「地球南北等分」。

equ（相同）+al（形容詞化）
➡ 相等

equal
[ˋikwəl]
形 相等的、平等的、勝任的
名 相同的人
動 匹敵
equality 名 平等、同等

She is equal to the task.
她可以應付這個問題。

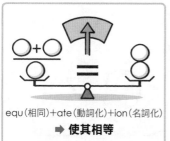

equ（相同）+ate（動詞化）+ion（名詞化）
➡ 使其相等

equation
[ɪˋkweʃən]
名 方程式、平衡

Solve the following equation.
請解出下列方程式。

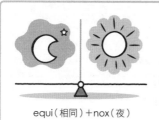

equi（相同）+nox（夜）
➡ 白天與黑夜一樣長

equinox
[ˋikwəˏnaks]
名 晝夜平分時

The spring equinox falls on March 20th this year.
今年的春分是在3月20日。

equi（相同）+val（價值）+ent（形容詞化）
➡ 同等價值

equivalent
[ɪˋkwɪvələnt]
形 相等的、相當
名 等價物

One dollar is equivalent to about 30 New Taiwan dollars.
1美元相當於30元新台幣。

3-4　pan＝麵包、pa＝給予食物

accompany

[əˋkʌmpənɪ]

a(c)（朝～方向）＋**company**（夥伴）

➡ 當成夥伴

動 陪同、伴隨

關聯字彙 ➡ **accompaniment** 名 伴奏、附加物

I'll accompany you.
我**陪**你去。

White wine makes a good accompaniment to fish.
白酒**很適合搭配**魚類。

語源筆記

「麵包」的語源是來自葡萄牙語Páo。如果要追本溯源，應是來自印歐祖語「給予食物」之意的pa，成為拉丁文pan之後再傳入葡萄牙文。英文中將p的音變為f，創造出如food（食物）、feed（餵食）、foster（養育、養成）等字彙。

70

companion

[kəm`pænjən]

名 同伴、朋友、伴侶

company 名 公司、同桌、朋友

This cat is my closest companion.
這隻貓咪是我最親密的夥伴。

com（一起）+pan（麵包）+ion（名詞化）
➡ 一起吃麵包的人

pastoral

[`pæstərəl]

形 牧（羊）人的、牧歌的、田園生活的

pastor 名 牧師

I prefer a pastoral life to a city life.
比起都市的生活，我比較喜歡田園的生活。

pa（餵食）+stor（人）+al（形容詞化）
➡ 餵食麵包的人

pantry

[`pæntrɪ]

名 食品儲藏室

I have plenty of things to eat in the pantry.
食品儲藏室裡有很多食物。

pan（麵包）+try（場所）
➡ 有麵包的地方

pasture

[`pæstʃə]

名 放牧場、牧草地

There are many sheep in the pasture.
這片牧草地有很多羊。

➡ 牛吃草

3-5　firm, farm ＝ 確實

af**firm**

[əˋfɝm]

a(f)（朝～方向）＋**firm**（確實）

➡ 確實

動 斷言、堅稱

關聯字彙 ➡ **affirmative** 形 肯定的　名 肯定、斷定

I affirm he is innocent.
我敢說他是無辜的。

His answer was in the affirmative.
他的回覆是肯定的。

語源筆記

farm「農場」的語源是來自佃農「確實支付使用費」給農場主人。此外，farm也有「養殖場」「飼育場」的意思。棒球中的farm是指「二軍」，是取其原意「培育選手的地方」，體育新聞也常直譯為「棒球農場」。

➡ 確實

firm

[fɝm]

名 公司、商號
形 穩固、牢固的

He works for a law firm in London.
他在倫敦的法律事務所工作。

con（完全）＋firm（確實）

➡ 加強

confirm

[kən`fɝm]

動 確認、加強
confirmation 名 確認

You don't have to confirm your flight.
你不必確認你的航班。

re（再次）＋confirm（確認）

➡ 再次確認

reconfirm

[rikən`fɝm]

動 再確認
reconfirmation 名 再確認

I'd like to reconfirm my reservation.
我想再次確認我的預約。

in（不是～）＋firm（確實）＋ary（地方）

➡ 有虛弱者的地方

infirmary

[ɪn`fɝmərɪ]

名 醫院、醫務室

He was taken to the infirmary.
他被帶到醫務室。

3-6　grav(e) = 重

aggravate
[`ægrə‚vet]

a(g)（朝～方向）＋grave（重）＋ate（動詞化）

➡ 加重

動 惡化、激怒

關聯字彙 ➡ aggravating 形 激怒的

The noise aggravated my headache.
噪音讓我的頭更痛了。

What an aggravating fellow!
真是個讓人惱火的傢伙！

語源筆記

grave「墳墓」雖然和grave「重大的」的語源不同，但是拼法相同。這裡的grave原意是「雕刻」「挖掘」。「雕刻（石頭、金屬、木材）」的engrave、「墓地」的graveyard、「溝、槽」的groove、「（獨角仙或金龜子）幼蟲」或「蛆」的grub等，都是同一語源。

grave

[grev]

形 重大的、嚴重的、嚴肅的

The patient is in grave danger.
患者的情況非常的危險。

➡ 沉重

---

grief

[grif]

名 悲傷

grieve 動 哀悼
grievous 形 悲痛的、重大的

He tried to conceal his grief.
他想要掩飾悲傷。

➡ 心情沉重

---

gravity

[`grævətɪ]

名 重力、地球引力

Mars' gravity is about 38% of Earth's.
火星的重力約有地球的38%。

grave（重）＋ity（名詞化）

➡ 很重

---

gravitation

[grævə`teʃən]

名 引力、重力、被吸引

I don't understand Newton's law of gravitation.
我不懂牛頓的重力法則。

grave（重）＋ate（動詞化）＋ino（名詞化）

➡ 變重

3-7   prox, proach ＝ 接近

ap**proximate**

形 [əˈpraksəmɪt]；動 [əˈpraksəˌmet]

a(p)（朝～方向）＋**proxim**（近）＋**ate**（形容詞化）

➡ 接近

形 接近的、近似的　　動 使接近

關聯字彙 ➡ approximately 副 大概、近乎

What is the approximate length of the Panama Canal?
巴拿馬運河大概有多長？

The tour took approximately 5 hours.
旅程約莫5個小時。

語源筆記

approximate是源於拉丁文「最近」之意的proximus，是比表示「大概、約略」的介係詞about更正式的字彙。尤其是有小數點以下的數字，通常會使用approximately，例如approximately 3.14。

approach

[ə`protʃ]

動 接近～
名 接近、方法

The typhoon is approaching Taiwan.
颱風正在**接近**台灣。

a(p)（朝～方向）＋proach（近）
➡ **靠近**

reproach

[rɪ`protʃ]

動 責備、斥責
名 責備、指謫

Do not reproach yourself.
不要**責備**你自己。

re（向後→相反的）＋proach（接近）
➡ **沒有接近**

proximity

[prɑk`sɪmətɪ]

名 鄰近、接近
proximate 形 鄰近的、接近的

It is in close proximity to the airport.
那個地方靠機場**附近**。

proxim（接近）＋ity（名詞化）
➡ **很近**

proxy

[`prɑksɪ]

名 代理人、代理委託書

We can vote by proxy.
我們可以透過**代理**投票。

prox（近）＋y（名詞化）
➡ **靠近的人（物）**

3-8　prove, prob(e)＝嘗試、證明

approve
[ə`pruv]

ap（ad）

a(p)（將～）＋prove（證明）

➡ 證明優點

動 贊成、同意

關聯字彙 ➡ approval 名 贊成、批准

My parents approved of my marriage.
雙親贊同我結婚。

The project was given official approval.
這個計畫獲得官方批准。

語源筆記

將prove「證明」的名詞型proof（證明）當成字尾的字彙不少，例如waterproof是「對水的證明」，也就是「防水性」；fireproof是「防火性」、heatproof是「耐熱性」、soundproof是「隔音性」、bulletproof是「防彈」……各種意思都有。

prove

[pruv]

動 證明、原來是
proof 名 證明、證據

The project proved to be a success.
這個計畫證明了很成功。

➡ 證明

probe

[prob]

動 調查、探測
名 調查、無人偵測太空船

Space probes broke down on the way.
無人偵測太空船在途中故障。

➡ 嘗試調查

probable

[`prabəbl]

形 很有可能發生的、有充分根據的
probability 名 預估、概率
probably 副 大概、很可能

Heavy snow is probable in Hokkaido.
北海道很可能會有大風雪。

probe（證明）＋able（能夠）

➡ 能夠證明

reprove

[rɪ`pruv]

動 責備、非難
reproof 名 斥責、非難

The teacher reproved me for being late.
老師斥責我遲到。

re（向後→相反的）＋prove（證明）

➡ 沒有證明

Chapter

4

pre-, pro-

（前面）

pre-, pro-
（前面）

pro在拉丁文中是表示「（場所）前面」或「～代替」，可追溯到印歐祖語代表「先前」的per。pre是源自不只是場所，同時指時間上的「前面」的拉丁文prae。

preschool
['pri¸skul]

per（之前）+**school**（學校）
➡ 在去學校之前
名 幼稚園、托兒所　形 學齡前的

語源筆記

school在希臘文中原意是「閒暇」，因為在希臘時代，是利用閒暇的時間念書。另外，a school of fish不是「學校的魚」，而是「魚群」的意思，語源不同。

provide
[prə'vaɪd]

語源筆記

sun visor「遮陽簾」的visor是源於「看見（太陽）」，vide和字根vise一樣，都有「看見」的意思，影像或影帶就是「video」。

pro（之前）+**vide**（看見）　➡ 事前看
動 供給　**provision** 名 供給、提供

prophecy
[ˋprɑfəsɪ]

pro(之前)＋**phe**(説)＋**cy**(名詞化)
➡ 之前先說
名 預言
prophet 名 預言者
prophesy 動 預言

proverb
[ˋprɑvɚb]

pro(前面)＋**verb**(語言)
➡ 公眾使用的語言
名 諺語

protein
[ˋprotiɪn]

proto(以前的)＋**in(e)**(化學物質)
➡ 最初的物質
名 蛋白質

prehistory
[priˋhɪstərɪ]

pre(之前)＋**history**(歷史)
➡ 歷史開始之前
名 史前時代

prewar
[priˋwɔr]

pre(之前)＋**war**(戰爭)
➡ 戰爭之前
形 戰前的

prepaid
[priˋped]

pre(之前)＋**paid**(支付)
➡ 事前支付
形 預付的

83

4-1   mount, min(t) = 突出、山、騎乘

pro**minent**

[`pramənənt]

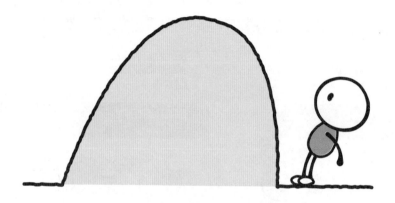

pro（前面）＋min（突出）＋ent（形容詞化）

➡ 在前面突出

形 卓越的、顯眼的

關聯字彙 ➡ prominence 名 卓越、醒目、著名

He is known as a prominent psychologist.
他以**卓越的**心理學者而廣為人知。

The novelist came to prominence last year.
那位小説家去年非常**有名**。

語源筆記

突出大地的「山」是mountain，突出身體的部位是「嘴（mouth）」，這些都可以追溯到印歐祖語表示「突出」的men。玉山通常以Mt. Jade表示，正確應該是Mount Jade。以歐洲阿爾卑斯山或甜點名而為人所知的「蒙布朗（Mount Blanc）」，原意是「白色的山」。動詞的mount是「騎乘馬匹或自行車」之意。

a（朝～方向）＋mount（山）
➡ 山頂上

amount

[ə`maʊnt]
動 合計
名 數量、總計

The bill amounted to one million dollars.

帳單達100萬美金。

dis（不是～）＋mount（騎乘）
➡ 不騎乘

dismount

[dɪs`maʊnt]
動 下車、下馬

He dismounted from the horse.

他從馬上下來。

e（x）

e（外面）＋min（突出）＋ent（形容詞化）
➡ 比其他突出

eminent

[`ɛmənənt]
形 著名的、卓越
eminence 名 著名

She is an eminent scientist.

她是知名的科學家。

in（上面）＋min（突出）＋ent（形容詞化）
➡ 從上突出

imminent

[`ɪmənənt]
形 即將發生的、（危險）逼近的
imminence 名 迫切

The hurricane is imminent.

颶風逼近。

4-2   sume, em(pt) ＝ 買、拿取

presume
[prɪˋzum]

pre（之前）＋sume（拿取）

➡ 事先拿取

動 假設、前提、認為

關聯字彙 ➡ presumption 名 推測
　　　　　 presumptuous 形 放肆的

The suspect was presumed dead.
推測嫌疑犯已身亡。

It's presumptuous of him to ask me.
他很厚臉皮的拜託我。

語源筆記

「樣品」的sample及「範例」example是「拿到外面的東西」，「履歷表、概
要」的resume語源是「再次（re）＋拿取（sume）」，原意是「拿了好幾次」。
premium的語源是來自「事前（pre）＋購買（em）＋物品（ium）」，本意是「保
費」，之後衍生出「附加費」、增加買氣的「獎品」等含意。形容詞有「優質」的
意思，作為名詞還有「額外津貼」「溢價」等含意。

assume

[əˋsjum]

動 承擔、以為
assumption 名 假設、承擔

a(s)（朝～方向）＋sume（拿取）
➡ 拿給自己

We assumed the worst.
我們設想最壞的狀況。

---

consume

[kənˋsjum]

動 消費、喝完、吃光
consumption 名 消費
consumer 名 消費者

con（完全）＋sume（拿取）
➡ 完全拿取

This heater consumes a lot of electricity.
這台暖氣很消耗電。

---

resume

[rɪˋzjum]

動 重新開始、恢復
resumption 名 重新開始

re（再次）＋sume（拿取）
➡ 拿回來

Let's resume the meeting after a break.
休息一會兒後再繼續開會。

---

exempt

[ɪgˋzɛmpt]

形 被免除（義務、支付）
動 免除
exemption 名 免除

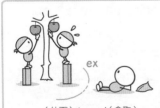

ex（外面）＋empt（拿取）
➡ 取下

Insurance companies are exempt from income tax.
保險公司免除扣繳所得稅。

4-3　claim ＝ 喊叫

proclaim
[prə`klem]

pro（在前面）＋**claim**（喊叫）

➡ 在聽眾面前喊叫

動 **宣告、公布、聲明**

關聯字彙 ➡ **proclamation** 名 宣布、公告

He proclaimed that he will run for mayor.
他宣告要參加市長選舉。

The President made an emergency proclamation.
總統發布緊急聲明。

語源筆記

「抱怨」的英文是complain或make a complaint，而claim是源自於拉丁文表示「喊叫」的clamare，有「主張」「要求」的意思。claimer則是指「主張權利的人」。拉丁文的clamare可追溯到印歐祖語的kele，透過喊叫讓聲音更清楚，衍生出clear（清楚、去除）、clarify（闡明）、clarity（明晰）等字彙。

clamor

['klæmɚ]

名 吵鬧聲、（呼喚）聲
動 吵鬧著要求

He ignored the clamor against heavy taxes.

他無視於反對重稅的喧囂。

clam（喊叫）＋or（名詞化）
➡ **喊叫**

---

exclaim

[ɪks`klem]

動 大叫、呼喊
exclamation 名 叫聲、感嘆

"Oh, my God!" exclaimed the pilot.

飛行員大叫「我的老天爺！」

ex（外面）＋claim（喊叫）
➡ **向外面喊叫**

---

acclaim

[ə`klem]

動 喝采、讚賞
名 喝采、歡呼
acclamation 名 喝采、鼓掌通過
（口頭上）

He was acclaimed as an MVP.

他是個備受讚揚的MVP。

a(c)（朝～方向）＋claim（喊叫）
➡ **向人喊叫**

---

reclaim

[rɪ`klem]

動 要求收回、恢復、開墾
reclamation 名 開墾、要求收回

He reclaimed the championship title he lost in 2010.

他奪回了在2010年失去的冠軍頭銜。

re（再次）＋claim（喊叫）
➡ **叫對方回來**

4-4 dome ＝家、主人

predominate

[prɪˋdɑməˏnet]

pre（在前面）＋dom（主人）＋ate（動詞化）
➡ 以主人之姿到前面

動 支配、占優勢、占絕大多數

關聯字彙 ➡ predominant 形 顯著的、主導的
predominance 名 優勢

Palm trees predominate along the coast.
沿岸地區棕櫚樹占絕大多數。

Blood type O is predominant in this country.
這個國家血型O型的人明顯居多。

語源筆記

義大利文中的「教堂」是Duomo，該字在拉丁文中是「神之家」的意思。同樣的也是義大利文的Madonna，原意是「我的（ma）貴夫人（donna）」。英文中對女性的尊稱是madam或dame。domino「骨牌」的來由是因為外型很像神父穿著的祭衣。網路上的「住址」是「domain」。有著圓形屋頂大房子外型的球場稱為「巨蛋（dome）球場」。

domestic

[dəˋmɛstɪk]

形 家庭的、國內的

She's a flight attendant for a domestic airline.

她是國內線航班的空服員。

dome（家）+tic（形容詞化）

➡ 家的

---

domesticate

[dəˋmɛstəˌket]

動 馴養

Wolves are very difficult to domesticate.

狼非常難以馴養。

domestic（家庭的）+ate（動詞化）

➡ 放在家裡

---

dominate

[ˋdaməˌnet]

動 支配、占優勢
dominant 名 支配的
domination 名 支配

Our team dominated throughout the game.

整場比賽都是我們這一隊占上風。

dom（主人）+ate（動詞）

➡ 以主人之姿支配

---

condominium

[ˋkandəˌmɪnɪəm]

名 擁有獨立產權的共管公寓大樓或房子

I live in a condominium.

我住在（自購的）公寓裡。

con（一起）+dom（家）+ium（場所）

➡ 全家在一起的地方

4-5　scribe, script ＝ 書寫

prescribe
[prɪˋskraɪb]

pre（之前）＋scribe（書寫）

➡ 醫生事前寫好

動 開藥方、規定

關聯字彙 ➡ prescription 名 處方箋、處方藥、規定

The doctor prescribed **my medicine.**
醫生為我開立處方藥。

The doctor gave me a prescription.
醫生給我處方箋。

語源筆記

信件最後的「附註」，在英文中是PS，這是postscript「後面（post）＋書面（script）」的縮寫。電影、戲劇、電視等「劇本」「腳本」是script，在拉丁文中的原意是「書面」。manuscript是由「手（manu）＋書面（script）」組成，意思是「原稿」、Scripture則是「聖經」。scribble是「scrib（書寫）＋ble（反覆）」轉化為「潦草的書寫」之意。

describe

de（下面）＋scribe（書寫）
➡ **寫下來**

[dɪ`skraɪb]
動 描述（特徵）、說明
description **名** 敘述、說明

Will you describe the girl you saw?
請描述你看到的女性有何特徵？

---

ascribe

a（朝～方向）＋scribe（書寫）
➡ **往～方向書寫**

[ə`skraɪb]
動 把～歸因於、把～歸屬於
ascription **名** 歸於

He ascribed his failure to bad luck.
他把自己的失敗歸因於運氣不好。

---

subscribe

sub（下面）＋scribe（書寫）
➡ **在文章下面留名字**

[səb`skraɪb]
動 訂閱、捐贈、簽名
subscription **名** 訂閱、捐贈

I subscribe to an English newspaper.
我訂閱英文報紙。

---

conscript

con（一起）＋script（書寫）
➡ **大家把名字寫在兵籍簿上**

[`kɑnskrɪpt]
動 徵兵、徵募
conscription **名** 徵兵制

He was conscripted into the army last year.
他去年被陸軍徵召入伍。

4-6　sui, sue ＝ 持續、追隨

pursue

[pə`su]

pur（＝**pro**前面）＋**sue**（追隨）

➡ 跟著走

動 追求、追趕

關聯字彙 ➡ **pursuit** 名 追求、追蹤

She pursued her dream of becoming a doctor.
她**追求**成為醫生的夢想。

He's in pursuit of his dream to be an actor.
他**追尋**成為演員的夢想。

語源筆記

suit「套裝」是指上衣和褲子（或裙子）一整套，語源sequi（→參照46頁）在拉丁文中是「繼續」的意思。飯店的套房是「suite room」不是「sweet room」，代表「一系列的房間」。

➡ 在法院持續進行

sue
[su]
動 控告、提起訴訟

I'll sue you.
我要控告你。

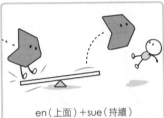

en（上面）＋sue（持續）
➡ 接二連三發生

ensue
[ɛn`su]
動 因～產生、接踵發生

The train was derailed, and panic ensued.
火車出軌而引起恐慌。

suit（持續）＋able（可以）
➡ 可以持續

suitable
[`sutəb!]
形 適當的、合適的
suit 名 衣服、訴訟
　　　動 適合、相稱

This textbook is suitable for beginners.
這本教材適合初學者。

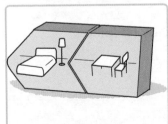

➡ 一系列房間

suite
[swit]
名 套房、隨從、隨行者

I want to stay in a suite on the top floor.
我想住頂樓套房。

4-7　fund, found ＝ 底部

pro**found**
[prə`faund]

pro（前面）＋found（底部）

➡ 在底部前面 ➡ 很深

形 深邃的、重大的、深奧的

關聯字彙 ➡ profoundly 副 深深的、深刻的

She gave a profound sigh.
她深深的嘆了一口氣。

He was profoundly influenced by his father.
他受到父親很深的影響。

語源筆記

fund源自拉丁文表示「基礎」「底部」「土地」的fundus，在法文中為「商人庫存的商品或商人的資產」，傳到英文就成為具有「資金、基金」含意的fund。foundation也是粉底霜的略稱，是指底妝的「粉底」。

fund

➡ 成為商人的基礎

[fʌnd]
名 資金、基金、財源

We are running short of funds.
我們的資金已經見底。

foundation

found(底部)+ation(名詞化)
➡ 成為底部的東西

[faʊnˋdeʃən]
名 基礎、創辦
found 動 設立、創辦

They celebrated the national foundation day.
他們在慶祝建國紀念日。

fundamental

fund(底部)+ment(名詞化)+al(形容詞化)
➡ 成為底部

[ˌfʌndəˋmɛntl]
形 基礎的、必須的
名 基礎

Fundamental human rights should be respected.
基本的人權應該受到尊重。

refundable

re(再次)+fund(資金)+able(能夠)
➡ 可以退還

[rɪˋfʌndəbl]
形 可退還的
refund 動 退還 名 退款

This ticket is not refundable.
這張票不能退還。

4-8　val, vail＝強勁、力量

prevail
[prɪˋvel]

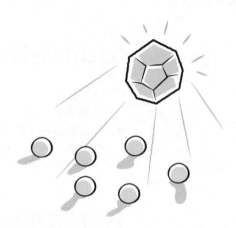

pre（之前）＋**vail**（力量）

➡ 出力

動 **戰勝、普及**

關聯字彙 ➡ **prevalent** 形 流行的、普遍的
　　　　　　prevailing 形 普遍的、占優勢的

May peace prevail on Earth.
希望普世太平。

Theft is becoming prevalent in this area.
這個地區竊盜頻傳。

語源筆記

以柳橙聞名的西班牙瓦倫西亞（Valencia），原意是「堡壘」，源自拉丁文表示
「強勁」「力氣」的Valentia。瓦倫西亞也是西班牙特產「海鮮飯」的發祥地。

val（力氣）+id（形容詞化）

➡ 有力氣

valid

[`vælɪd]

形 有效的、合法的

invalid 形 無效的

These tickets are no longer valid.

這些票已經不再有效了。

value（價值）+able（能夠）

➡ 可以發揮價值

valuable

[`væljʊəb!]

形 高價的

名 （複數形）貴重物品

invaluable 形 無價的

value 名 價值　動 評價

Can you keep my valuables?

可以幫忙保管貴重物品嗎？

a（朝～方向）+vail（力氣）+able（能夠）

➡ 可以發揮實力

available

[ə`veləb!]

形 可利用的、可取得的

avail 動 有用　名 效用

Tickets are available at the entrance.

票券在入口處可以購得。

e(x)（外面）+value（價值）+ate（動詞化）

➡ 讓價值外顯

evaluate

[ɪ`væljʊˌet]

動 為……評價

evaluation 名 評價

It's difficult to evaluate each student's ability.

評斷每個學生的能力不是件容易的事。

4-9　cip＝抓、頭

precipitate

[prɪˋsɪpətɪt]

pre（前面）＋**cip**（頭）＋**ate**（動詞化）
➡ 把頭探出去

動 快速、猛然落下（摔下）

關聯字彙 ➡ precipitation 名 降雨量、沉澱
precipitous 形 懸崖峭壁的、險峻

Excessive drinking precipitated his liver disease.
過量飲酒加劇他的肝病。

No precipitation is expected today.
今天可能不會降雨。

語源筆記

下雨天套頭穿著的「斗篷式雨衣（capa）」，或是女性的套頭式「斗篷外套（cape）」，都是源自葡萄牙語capa。cape是半島前端的「岬」。cap在拉丁文中是「頭」或「抓取」的意思，cap轉化爲cip，創造出許多的字彙。

pri（最初）+cip（抓取）+le（表微小的接尾詞）
➡ 最初抓取到的東西

principle

[`prɪnsəp!]

名 原則、原理、信念

I agree with your opinion in principle.

原則上贊成你的意見。

mun（義務、負擔）+cip（抓取）+al（形容詞化）
➡ 市民應盡的義務

municipal

[mju`nɪsəp!]

形 地方自治的、市政的

Municipal elections were held last week.

市議會選舉於上週舉行。

anti（之前）+cip（抓取）+ate（動詞化）
➡ 事前抓取

anticipate

[æn`tɪsə‚pet]

動 預期、期待

anticipation 名 預期、期待

I didn't anticipate this problem.

我之前沒有預期到這個問題。

re（後面）+cip（抓取）+ate（人）
➡ 接收的人

recipient

[rɪ`sɪpɪənt]

名 受領者

I was chosen as the recipient of the prizes.

我被選為這個獎的受領人。

Chapter

5

e(x)-, extr(a)-
(外面、超過)

e(x)-, extr(a)-
(外面、超過)

> ex或extra基本涵義都是「從~到外面」，從某個地方消失的狀態引伸為「完全」的意思。或是如同his ex-wife「他的前妻」一樣，表示「從前的」意思。如果ex後面接續的字母為b, d, g, i, l, m, n, v的話，則會去掉x。

evade
[ɪ`ved]

e（外面）＋vade（走）
➡ 往外逃　**動** 逃跑、迴避
evasion **名** 藉口、迴避

語源筆記

invader是「入侵者」的意思，語源是「裡面（in）＋走（vade）＋人（er）」，vad(e)有「行走」的意思。在泥濘或水中「艱困的行走」的wade，或是「搖搖擺擺行走」的waddle，都是來自相同語源。

enormous
[ɪ`nɔrməs]

e（外面）＋norm（基準、標準）＋ous（形容詞化）
➡ 基準外的
形 巨大的　**enormity** **名** 窮凶極惡

語源筆記

每個人被分配到的工作量稱為「norm」，源於以前木匠使用的直角尺，轉化為「標準」「基準」之意。abnormal是「從~離開（ab）＋標準（normal）」，表示「異常的」。subnormal則是「下面（sub）＋標準的（normal）」，表示「標準以下的」。

extracurricular
[ˌɛkstrəkə`rɪkjələ]

extra(外面)+**curriculum**(課程)+
ar(形容詞化)
➡ 課程之外的
形 課外的

extreme
[ɪk`strim]

extr(外面)+**eme**(最高級)
➡ 最外面
形 極度的 名 極端
extremely 副 極度的
extremist 名 激進派
extremity 名 極端、末端

exterior
[ɪk`stɪrɪə]

exter(外面)+**ior**(比較級)
➡ 更外面
形 外側的、外表的 名 外面、外表

external
[ɪk`stɜ`nəl]

exter(外面)+**al**(形容詞化)
➡ 外面的
形 外面的

excuse
[ɪk`skjuz]

ex(外面)+**cuse**(訴訟)
➡ 逃離訴訟
名 藉口 動 原諒、辯解

evaporate
[ɪ`væpəˌret]

e(外面)+**vapor**(蒸氣)+**ate**(動詞化)
➡ 變成蒸氣散出
動 蒸發
evaporation 名 蒸發

5-1　　alt(o)＝高、培育

ex**alt**

[ɪgˋzɔlt]

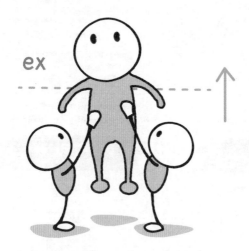

ex

ex（外面）＋**alt**（高）

➡ 變高

動 提拔、讚揚

關聯字彙 ➡ s**exalt**ation 名 得意洋洋、讚美

He wrote the poem to exalt the Roman Empire.
他為了頌揚羅馬帝國而寫下這首詩。

She was in a state of exaltation.
她欣喜若狂。

語源筆記

雖然alto是指女低音，但是義大利原文alto的意思是「高」，用以表示比男中音更高的音域。拉丁文的altus更可追溯到印歐祖語的al，代表「長大、成長」之意。adult是「朝～方向(ad)＋成長(ult)」，表示「成人」。old「老年」或elder「年長的」都是相同語源。

altitude

alt（高）+itude（名詞化）
➡ 高聳的狀態

[`æltə‚tjud]

名 高度、海拔

The altitude of this lake is about 1,000 meters.

這座湖海拔約1000公尺。

haughty

haught（高）+y（形容詞化）
➡ 維持高的狀態

[`hɔtɪ]

形 高傲的、傲慢的

That haughty girl has few friends.

那個傲慢的少女幾乎沒有朋友。

coalition

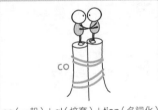

co

co（一起）+al（培育）+tion（名詞化）
➡ 共同培育

[‚koə`lɪʃən]

名 聯盟、聯合政府
coalesce 動 聯合、連結

A coalition government was formed in the country.

該國由聯合政府組成。

adolescent

ad

ad（朝～方向）+ol（培育）+scent（有）
➡ 有長大

[‚æd!`ɛsnt]

形 青春期的、幼稚的
名 青春期的青少年
adolescence 名 青春期

Adolescent boys tend to be more addicted to the Internet.

青少年容易沉迷網路。

5-2　cav, cum＝空洞的、洞穴、鼓起

excavate

[ˋɛkskəˌvet]

ex（外面）＋**cav**（洞穴）＋**ate**（動詞化）

➡ 離開洞穴

動 挖掘、開鑿

關聯字彙 ➡ excavation 名 挖掘

He excavated the ancient city of Troy.
他挖掘特洛伊古城。

The general public can join the excavations.
一般市民可參加挖掘。

語源筆記

「洞窟」「洞穴」的cave指大地出現空洞的部分，可追溯到印歐祖語表示「鼓起」的keue。church「教堂」也是同樣語源，經由「膨脹」→「強勢」→「君王」→「神祇」→「神的居所」聯想轉化而成。

cav（洞穴）＋ity（名詞化）
➡ **洞穴空空的狀態**

cavity
[ˋkævətɪ]
名 洞、蛀牙

Do you have any cavities?
你有蛀牙嗎?

con（完全）＋cave（空洞）
➡ **完全變空洞**

concave
[ˋkɑnkev]
形 凹面的、凹的
名 凹面

A concave lens is used to correct short-sightedness.
凹透鏡用於矯正近視。

ac(ad)

a(c)（朝～方向）＋cum（鼓起）＋ate（動詞化）
➡ **漸漸鼓起**

accumulate
[əˋkjumjəˏlet]
動 聚集、累積、積攢
accumulation 名 積蓄

Fat accumulated around my belly.
腹部堆積了一圈脂肪。

cum（鼓起）＋late（動詞化）＋tive（形容詞化）
➡ **膨脹**

cumulative
[ˋkjʊmjʊˏletɪv]
形 累計的、漸增的

The cumulative deficit was one billion dollars.
累計的赤字已達10億美元。

5-3　cel, cul, col＝聳立

excel

[ɪk`sɛl]

ex

ex（外面）＋**cel**（聳立）

➡ 高高聳立

動 勝過、優於

關聯字彙 ➡ **excellent** 形 出色的、優異的

　　　　　 excellence 名 優秀的

His son excels at math and English.
他的兒子數學和英文都很優秀。

My daughter is excellent in English.
我女兒的英文很出色。

語源筆記

字根cel是源自印歐祖語「醒目」「聳立」之意的kel，爾後流傳到英文中，轉為聳立於大地的hill「山丘」。經過拉丁文、法文，cel變成col。咖啡中的Excelsior「濃縮咖啡」原意就是「出色」「有品味」的意思。

col（聳立）＋el(la)（表示小的字尾）
➡ 高高聳立的人

colonel

[ˋkɝn!]

名 上校

He was promoted to colonel last month.

他在上個月晉升為上校。

cul（聳立）＋ate（動詞）
➡ 聳立

culminate

[ˋkʌlməˏnet]

動 告終、（天體）到子午線
culmination 名 最高潮、結束、天體經
過子午線

His efforts culminated in success.

他的努力最終取得成功。

col（聳立）＋mn（物品）
➡ 圓柱 ➡ 圓形柱狀物
➡ 報紙的「欄」

column

[ˋkaləm]

名 欄、圓柱、專欄
columnist 名 專欄作家

His column is always interesting.

他的專欄總是非常有意思。

down（往下）＋hill（山丘）
➡ 往山丘下走

downhill

[ˋdaʊnˋhɪl]

副 向坡下　形 下坡的　名 下坡
uphill 副 上坡　形 上坡的　名 上坡

We went downhill towards the village.

我們下山去那個村子。

5-4　cite＝喚起

excite

[ɪk`saɪt]

ex（外面）＋**cite**（喚起）
➡ 喚起感情

動 使興奮、使激動

關聯字彙 ➡ **excitement** 名 興奮、刺激

I was excited to see the famous singer.
能見到知名歌手讓我很興奮。

You need some excitement.
你需要一點刺激。

語源筆記

字根cite是來自印歐祖語表示「動」的keie，cinema「動畫」也是同樣語源。另外，健康食品nattokinase「納豆激酶」就是由「納豆（natto）＋動（kin）＋化學物質（ase）」組成，代表納豆中含有的蛋白質分解酵素。具有相同字根的單字，還有kinetic（運動的）、kinesis（運動）、kinematics（運動學）等。

cite

[saɪt]

動 引用、引證

citation 名 引用（文）

The sentence cited above is from Shakespeare.

這個句子是引用自莎士比亞。

➡ 喚出言語或文章

---

recite

[rɪ`saɪt]

動 列舉、背誦

recital 名 獨唱會、獨奏會

I have to be able to recite this poem by tomorrow.

明天之前我要把這首詩背下來。

re（再次）＋cite（喚起）

➡ 從記憶中喚起

---

incite

[ɪn`saɪt]

動 煽動

He incited the crowd to violence.

他煽動群眾使用暴力。

in（上面）＋cite（喚起）

➡ 向人們呼喚

---

solicit [sə`lɪsɪt]

動 懇求、拉客

solicitor 名 推銷員、初級律師

solicitation 名 懇求、拉客

solicitous 形 擔心

The publishing company solicited me to write a novel.

出版社請我寫小說。

sol（全部、完全）＋cit（喚起）

➡ 完全喚起

5-5　labor ＝ 勞動

elaborate

形 [ɪˋlæbərɪt]；動 [ɪˋlæbəˌret]

e（外面）＋**labor**（勞動）＋**ate**（形容詞化、 動詞化）
➡ 勞動的結果表現於外 ➡ 詳盡的

形 精巧的　動 詳盡闡述的、精心製作的

We were served an elaborate meal.
請享用我們精心製作的料理。

Will you elaborate on that point?
關於那一點可以詳細說明嗎？

語源筆記

labor是拉丁文直接用於英文，表示「勞動」的意思。「旅行」「移動」之意的travel也和labor一樣，都伴隨有「辛苦」「努力」的語源，所以如字面所示，意指「旅行」「移動」的travail也有「辛苦、艱辛」的意思。

laborer

[`lebərə]

名 勞工

labor 名 勞動（力）、工作
動 艱苦的工作

labor（勞動）＋er（人）
➡ 勞動的人

He made his living as a day laborer.
他靠打零工維生。

---

laboratory

[`læbrə‚torɪ]

名 實驗室、研究室

labor（勞動）＋ory（場所）
➡ 勞動的場所

He spent all his time in his laboratory.
他把所有時間都用在實驗室裡。

---

laborious

[lə`borɪəs]

形 努力、費力

labor（勞動）＋ious（形容詞化）
➡ 勞動的

Checking all the information is laborious.
要確認所有資訊非常勞心勞力。

---

collaborate

[kə`læbə‚ret]

動 共同工作、合作

collaboration 名 合作、共同研究

co(l)（一起）＋labor（勞動）＋ate（動詞化）
➡ 一起勞動

Are you interested in collaborating with me?
有興趣跟我一起合作嗎？

5-6　limit＝門檻

eliminate

[ɪˋlɪməˌnet]

e（外面）＋**limi**（門檻）＋**ate**（動詞化）

➡ 拿到門檻外

動 排除、消除、淘汰

關聯字彙 ➡ **elimination** 名 排除、淘汰

I was eliminated before I got to the finals.
我在進入決賽前**被淘汰**。

Our team is on the brink of elimination.
我們這一隊處於**淘汰**邊緣。

語源筆記

limit在拉丁文原意是「邊界」「田埂」「門檻」，由此衍生出「界線」「限制」的意思。英國的「有限公司」或「股份有限公司」的縮寫「Ltd.」，原文就是「Limited (company)」。

limitation

[ˌlɪmə`teʃən]

名 限制、限度

limit 名 界線、極限
　　 動 限制

limit（門檻）＋ate（動詞化）＋ion（名詞化）
➡ **限制**

You should know your limitations.
你應該知道自己的極限。

---

preliminary

[prɪ`lɪməˌnɛrɪ]

形 預備的、初步的

名 預備、初試

pre

pre（前面）＋limi（門檻）＋ary（形容詞化）
➡ **在門檻之前**

The preliminary election was held last Sunday.
上週日舉行初選。

---

sublime

[sə`blaɪm]

形 莊嚴的、宏偉的

sub（從下往上）＋lime（門檻）
➡ **在門檻上**

We enjoyed the sublime night view.
我們享受壯觀的夜景。

---

off-limits

[ɔf`lɪmɪts]

形 禁止進入

off（離開）＋limit（門檻）
➡ **離開門檻**

The park is off-limits from sunset to sunrise.
這個公園從日落到日出之間禁止進入。

5-7　rect＝直立、引導

erect

[ɪ`rɛkt]

e（外面）＋rect（直立）

➡ 筆直伸長

動 建立、設立　　形 豎起的、直立的

關聯字彙 ➡ erection 名 建設、直立、勃起

Many tents were erected overnight.
一個晚上就搭好很多個帳篷。

They postponed the erection of the bridge.
他們延緩了興建橋的工程。

語源筆記

「直立」的rect和國王制定規則（regular）的reg，以及可直接找到對方的「住址（address）」的dress是相同語源。address是讓指定的對象成為聽眾，所以是「演說」的意思。而洋裝（dress）是好好打理自己，引申為「穿衣服」，而「醬汁（dressing）」的原意是讓沙拉「著裝」。

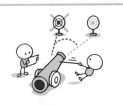

co(r)（完全）＋rect（直立）
➡ 正確

correct

[kəˋrɛkt]
形 正確的
動 改正
correction 名 修正、訂正

Please correct my English if you find any mistakes.
如果我的英文有錯誤請幫忙修正。

di（分離）＋rect（導引）
➡ 導引至那邊

direct

[dəˋrɛkt]
動 指導、管理、針對
形 直接的、筆直的

My dream is to direct movies.
我的夢想是成為電影導演。

di（分離）＋rect（導引）＋ion（名詞化）
➡ 導引至那邊

direction

[dəˋrɛkʃən]
名 指導、方向

She has no sense of direction.
她沒有方向感。

rect（筆直）＋ify（動詞化）
➡ 筆直

rectify

[ˋrɛktəˌfaɪ]
動 矯正、改正
rectification 名 修正、改正

How should we rectify this problem?
我該如何修正這個問題？

119

5-8　tort ＝ 扭曲

extort

[ɪk`stɔrt]

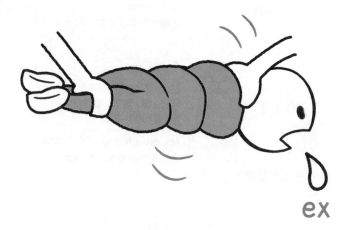

ex（外面）＋**tort**（扭曲）

➡ 扭出來

動 敲詐

關聯字彙 ➡ **extortion** 名 勒索、恐嚇

He was arrested for extorting money.
他因**勒索**錢財而遭到逮捕。

He's accused of extortion.
他被指控**勒索**。

語源筆記

烹調完成的食品裝袋密封後，再經蒸氣高溫殺菌的速食包就稱為調理包，一般使用prepared frozen food，但也稱作retort food（蒸煮食品），直接取用有加壓加熱殺菌設備之意的retort。retort的語源是「再次（re）＋扭（tort）」。「火把」torch的原意是「扭曲的物品」。

distort

dis(分離)＋tort(扭)
➡ 扭轉方向

[dɪs`tɔrt]
動 扭曲、歪曲
distortion 名 扭曲

Don't distort the facts.
不要扭曲事實。

---

retort

re(再次)＋tort(扭)
➡ 扭轉

[rɪ`tɔrt]
動 回嘴、反擊
名 蒸餾瓶

"That's none of your business!" he retorted.
他反駁道:「不關你的事!」

---

torture

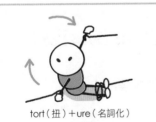

tort(扭)＋ure(名詞化)
➡ 扭轉

[`tɔrtʃə]
名 拷問、折磨
動 拷打、折磨

His lecture is torture for me.
他的課對我來說是種折磨。

---

torment

tor(扭)＋ment(名詞化)
➡ 扭轉

名 [`tɔr,mɛnt]；動 [tɔr`mɛnt]
名 痛苦、苦惱
動 使痛苦

The long hike was a torment for me.
長時間健走對我來說很痛苦。

5-9　center ＝ 中心

eccentric

[ɪk`sɛntrɪk]

ec(ex)

e(c)（外面）＋**center**（中心）＋**ic**（形容詞化）
➡ 偏離中心

形 古怪、反常　　名 古怪的人

關聯字彙 ➡ **eccentricity** 名古怪、怪癖

He's known for his eccentric behavior.
他以舉止古怪為人所知。

I don't like being treated as an eccentric.
我不喜歡被當作怪人。

語源筆記

center拉丁文的原意是「圓心」，在希臘文中則表示「大黃蜂的蜂針」或「尖端」。eccentric的字尾centric是接尾詞，表示「以～為中心」。其他還有egocentric（自我中心）、geocentric（以地球為中心）、heliocentric（以太陽為中心）。

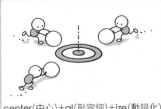

center(中心)+al(形容詞)+ize(動詞化)
➡ 為中心

centralize

[`sɛntrəl͵aɪz]

動 中央集權

center 名 中心　動 使集中

central 形 中心的、中央的

He failed to centralize the economy.

他未能將經濟中央集權。

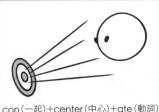

con(一起)+center(中心)+ate(動詞)
➡ 全部集中在中心

concentrate

[`kansɛn͵tret]

動 集中

concentration 名 濃縮、專注

I can't concentrate because of the noise.

我被噪音吵得無法集中精神。

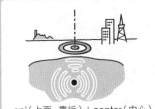

epi(上面、靠近)+center(中心)
➡ 中心部位

epicenter

[`ɛpɪ͵sɛntə]

名 震央、中心點

The epicenter of the earthquake was 100 kilometers away.

地震的震央位於100公里之外。

center(中心)+fug(逃)+al(形容詞化)
➡ 從中心逃出

centrifugal

[sɛn`trɪfjʊg!]

形 離心的、利用離心力

centrifuge 名 離心機

centripetal 形 向心性的

This device uses centrifugal force.

這個設備是利用離心力。

5-10　per(i) = 嘗試

experiment

[ɪk`spɛrəmənt]

ex（外面）＋peri（嘗試）＋ment（名詞化）

➡ 嘗試

名 實驗　　動 進行實驗

關聯字彙 ➡ experimental 形 實驗性的、根據實驗的

Our experiment was a great success.
我們的實驗很成功。

His theory lacks experimental evidence.
他的理論缺乏實驗證據。

語源筆記

「輸入」import是「裡面（im）＋運送（port）」;「喜好」prefer是「事前（pre）＋運送（fer）」，字根port和fer皆可回溯至印歐祖語中表示「前進」的per。幾乎是原原本本的形式傳入英文的per(i)，由朝著未知前進的意象，轉化爲「嘗試」之意。

ex（外面）＋per（嘗試）
➡ 嘗試過的人

expert

[`ɛkspɚt]

名 專家
形 熟練

expertise 名 專業的知識（技術）

She is expert at communicating her ideas clearly.

她能很嫻熟的明確表達自己的想法。

ex（外面）＋peri（嘗試）＋ence（名詞化）
➡ 完成嘗試

experience

[ɪk`spɪrɪəns]

名 經驗
動 體驗

experienced 形 累積經驗
empirical 形 經驗上的

He has no experience in teaching.

他沒有教學經驗。

➡ 嘗試＝伴隨著危險

peril

[`pɛrəl]

名 （嚴重的）危險
perilous 形 危險的

They were faced with many perils.

他們曾多次冒險犯難。

pir（嘗試）＋ate（名詞化）
➡ 嘗試的人 ➡ 冒險的人

pirate

[`paɪrət]

名 海盜
動 侵害著作權、剽竊
piracy 名 侵害著作權、盜版

These are pirated DVDs.

這些都是盜版的DVD。

Chapter

6

co-, con-, com-

（一起、完全）

co-, con-, com-
（一起、完全）

co是源自於拉丁文的字首，相當於「與～一起」的介系詞with，或是「一起」的副詞together。由「一起」的意象引申為「全體」→「完全」具有加強語氣的意思。主要使用於母音或是h, g, w之前，如果是接l, m, n, r等子音，會變成col, com, con, cor等形式。

confront
[kənˋfrʌnt]

con

con（一起）＋**front**（前面、額頭）
➡ 額頭相碰
動 迎面遇到、對抗

語源筆記

「在～之前」是in front of～，front在拉丁文中是「額頭」的意思。frontier是「往前走（front）＋人（ier）」，因為是軍隊中最前線的人，所以有「新領域」「國境」之意。

conscience
[ˋkanʃəns]

語源筆記

science「科學」的語源是拉丁文的「知道（sci）＋事情（ence）」。conscious是「完全（con）＋知道（scious）」，表示「意識到的、察覺到的」。

con（完全）＋**sci**（知道）＋**ence**（名詞化） ➡ **完全了解自己**
名 良心、善惡觀念　　**conscientious** 形 良心的

coeducation
[ˌkoɛdʒəˈkeʃən]

co(一起)+**educate**(教育)+**ion**
(名詞化)
➡ 男女共同教育
名 男女合校

coeditor
[ˈkoˈɛdɪtə]

co(一起)+**edit**(編輯)+**or**(人)
➡ 一起編輯的人
名 共編者

constant
[ˈkɑnstənt]

con(一起)+**stant**(站立)
➡ 一起站起來
形 固定的、持續的

complicated
[ˈkɑmpləˌketɪd]

com(一起)+**pil**(重疊、折疊)+**ate**
(動詞化)+**ed**(被～)
➡ 摺疊在一起
形 複雜的

colleague
[kɑˈlig]

co(l)(一起)+**league**(選擇)
➡ 一起選擇的人
名 同事

combine
[kəmˈbaɪn]

com(一起)+**bine**(2個)
➡ 2個在一起
動 使結合、使聯合
combination 名 聯合、結合

6-1　fide, fede, fy＝信任

con**fide**

[kən`faɪd]

con（完全）＋**fide**（信任）

➡ 完全信任

動 **透露、信賴**

關聯字彙 ➡ confident 形 有自信
confidence 名 自信、信賴

I have few friends to confide in.
我幾乎沒有可信賴的朋友。

Be more confident in yourself.
對自己要更有自信。

語源筆記

confide是源自於拉丁文「信任」之意的fidare。相信對方並立下婚約的女性為「未婚妻（fiancée）」，男性則為「未婚夫（fiancé）」。「信賴、信仰」是faith，形容詞「忠實的」「可信賴的」是faithful。

130

federal

[ˈfɛdərəl]

形 聯邦（制）的、聯盟的
federation 名 聯邦、聯盟

FBI stands for Federal Bureau of Investigation.
FBI代表聯邦調查局。

fede（信賴）＋al（形容詞）
➡ 可以信賴

confederate

[kənˈfɛdərɪt]

形 共犯的、結為同盟的、（首字大寫）
　 南部聯盟的（美國南北戰爭時）
名 共犯、同盟者（國）

The Confederate states had to retreat.
南部聯盟不得不撤退。

con
con（一起）＋fede（信賴）＋ate（形容詞化）
➡ 互相信賴

defy

[dɪˈfaɪ]

動 蔑視、抗拒
defiance 名 抵抗、反抗

The players defied their coach.
球員違抗他們的教練。

de
de（分離、不是～）＋fy（信賴）
➡ 不信任

diffident

[ˈdɪfədənt]

形 羞怯的、缺乏自信的
diffidence 名 羞怯、缺乏自信

His tone was diffident.
他的語氣缺乏自信。

di（分離）＋fide（信賴）＋ent（形容詞化）
➡ 沒有自信

6-2　fuse, fut＝注入

con**fuse**

[kən`fjuz]

con（一起）＋**fuse**（注入）

➡ 同時注入

動 **使困惑、混淆**

關聯字彙 ➡ confusion 名 混亂、混淆、困惑

He looked confused.
他看起來很困惑。

He tried to hide his confusion.
他試圖掩飾自己的困惑。

語源筆記

以鉛、錫、銻等容易融化的合金製作而成的是「保險絲」即fuse、「核融合」是nuclear fusion、多國料理是fusion。以火加熱的鍋子，用白酒融化起司，再拿麵包沾取食用的fondue「起司火鍋」，也是同一語源。

refuse

re（復元）＋fuse（注入）
➡ **把東西倒回去**

動 [rɪ`fjuz]；名 [`rɛfjus]
動 拒絕、不准
名 垃圾、渣滓
refusal 名 拒絕

She refused to accept the offer.
她拒絕接受該提議。

---

diffuse

di(f)（分離）＋fuse（注入）
➡ **撒上**

[dɪ`fjuz]
動 擴散、使四散、散布
diffusion 名 擴散、普及

The pollutants diffused into the soil.
汙染物質擴散到土壤。

---

infuse

in（裡面）＋fuse（注入）
➡ **注入**

[ɪn`fjuz]
動 灌輸、將～注入
infusion 名 注入、點滴

Stem cells were infused into the patient.
將幹細胞注入患者體內。

---

futile

fut（注入）＋ile（形容詞化）
➡ **注入**

[`fjutl]
形 無用的、無益的
futility 名 無用、無益

He made a futile attempt.
他做了徒勞無功的嘗試。

6-3　greg, ger＝聚集

con**gregate**

[ˋkɑŋgrɪˌget]

con

con（一起）＋**greg**（聚集）＋**ate**（動詞化）

➡ 一起集合

動 **聚集**

關聯字彙 ➡ **congregation** 名 集會、集合、（教會）會眾

The students congregated in the auditorium.
學生們聚集在禮堂內。

The congregation is kneeling to pray.
會眾正在跪著祈禱。

語源筆記

古希臘在公共建築或是廊柱圍起的廣場舉行的政治集會稱為agora，希臘文中是「集會」「廣場」之意，可追溯到印歐祖語表示「聚集」的ger。「分類（category）」是由「從上往下（cata）＋聚集的物品（gory）」組成，表示「範疇」「種類」的意思。

segregate

[ˈsɛgrɪˌget]

動 隔離、分離

segregation **名** 隔離、分離

Asian people were segregated from white people.

亞洲人與白人隔離。

se（分離）＋greg（聚集）＋ate（動詞化）

➡ 從聚會離開

gregarious

[grɪˈgɛrɪəs]

形 愛交際的、群居性的

Tom has a gregarious personality.

湯姆的個性喜愛社交。

greg（聚集）＋ious（形容詞化）

➡ 聚集

agoraphobia

[ˌægərəˈfobɪə]

名 廣場恐懼症

Can agoraphobia be cured?

廣場恐懼症能治癒嗎？

agora（聚會）＋phobia（恐懼症）

➡ 聚會恐懼症

allegory

[ˈæləˌgorɪ]

名 寓言

This book is based on a certain allegory.

本書是根據寓言所寫。

allo（別的）＋agorg（廣場）＋ory（總稱）

➡ 在廣場說別的話

➡ 說寓言

6-4　mart, mert, merc(e) ＝ 交易

commerce

[`kamɝs]

com（一起）＋merce（交易）

➡ 互相交易

名 商業、貿易

關聯字彙 ➡ commercial 形 商業的、營利的　名 廣告

I majored in commerce at college.
我在大學主修貿易。

There are too many commercials on TV.
電視上廣告太多。

語源筆記

merit是具有交易價值的東西，也就是「優點」或「價值」的意思，相反詞
是demerit（缺點、短處）。market「市場」原意是「進行交易的地方」，
merchant是「交易（mere）＋人（ant）」，轉化爲「商人」之意。「水星
Mercury」名字是來自商業之神墨丘利（拉丁文Mercurius）。

mercy

[`mɝsɪ]

名 慈悲、憐憫
merciful 形 仁慈的
merciless 形 殘酷的

May God have mercy on you!
願上帝憐憫你！

merc（交易）＋y（名詞化）
➡ 交易 ➡ 給予交易者報酬

mercenary

[`mɝsnˌɛrɪ]

形 圖利的、為金錢的

Foreign mercenary soldiers were recruited.
募集外籍傭兵。

merce（交易）＋ary（形容詞化）
➡ 交易的

merchandise

[`mɝtʃənˌdaɪz]

動 推銷
名 商品

The product is being properly merchandised.
此商品已有適當的促銷。

merchant（商人）＋ise（動詞化）
➡ 成為商人

mercantile

[`mɝkənˌtaɪl]

形 商業的

He is a specialist in mercantile law.
他是商業法專家。

merchant（商人）＋ile（形容詞化）
➡ 商人的

6-5　mune, mute＝改變、移動

communicate

[kə`mjunəˌket]

com（一起）＋**mun**（改變）＋**ate**（動詞化）

➡ 互相改變

動 思想交流、傳達

關聯字彙 ➡ **communication** 名 溝通、通信

How do you communicate with them?
你如何與他們溝通？

Her communication skills are improving.
她的溝通技巧進步了。

語源筆記

community「社區」是「共同（com）＋改變（mun）＋事情（ity）」所組成，
由彼此改變引申為「共同體」「公眾」。此外，communist「共產主義者」或
commune「公社」也是同樣語源。

commute

[kə`mjut]

動 通勤
名 通勤時間
commuter 名 通勤者

com（完全）+mute（改變）
➡ 從目前所在地換到另一地方

How do you commute to school?
你如何通勤上下學？

---

immune

[ɪ`mjun]

形 免疫的、免除的
immunity 名 免疫（性）

im（不是～）+mune（改變）
➡ 沒有改變 ➡ 沒有受到影響

I'm immune to measles.
我對麻疹免疫。

---

common

[`kamən]

形 共同的、普通的

com（一起）+mon（改變）
➡ 每個人對於不同的事物有
共同的認知

He lacks common sense.
他的常識不足。

---

mutual

[`mjutʃʊəl]

形 相互的、共同的

mut（改變）+ual（形容詞化）
➡ 交換

We reached a mutual agreement.
我們達成共同的協議。

6-6　sol, ho ＝ 全部的、堅定的

consolidate

[kən`sɑlə͵det]

con（一起）＋solid（堅硬）＋ate（動詞化）

➡ 一起加強

動 鞏固、合併

關聯字彙 ➡ consolidation **名** 強固、合併

The company consolidated its operations in one location.
公司將業務整併到一個據點。

The trend toward consolidation will continue.
整合的趨勢將持續下去。

語源筆記

印歐祖語中帶有「全部的」「確實管理」之意的sol，轉化為ho(l)衍生出很多英文字彙。如「大屠殺（holocaust）」是「全部燒毀」，呈現整體影像的「立體投影」是hologram。而one whole cake是「一整個蛋糕」，「whole」表示「全體」的意思。

solid

['sɑlɪd]

形 固體的、實心的、可信賴的
名 固體

The pond is frozen solid.
池塘結冰了。

sol（全部）＋id（形容詞化）
➡ 堅硬、全部擠在一起

solidify

[sə`lɪdəˌfaɪ]

動 使凝固、變堅固

The oil will solidify overnight.
油過夜後就會凝固。

solid（堅硬）＋ify（動詞化）
➡ 變硬

soldier

['soldʒɚ]

名 士兵、軍人

My grandfather became a soldier at age 20.
我祖父在20歲的時候從軍。

solidus（古羅馬時代的金幣）＋er（人）
➡ 收金幣當酬勞的人

solidarity

[ˌsɑləˋdærətɪ]

名 團結、團結一致

The work created a sense of solidarity.
這個工作讓大家團結一致。

solid（堅硬）＋ity（名詞化）
➡ 堅硬

6-7　tech, text ＝ 編織、組合

con**text**

[`kantɛkst]

con（一起）＋**text**（編織）

➡ 把文章編織在一起

名 文章脈絡、背景

關聯字彙 ➡ contextual 形 上下文的

You can guess the meaning from the context.
你可以從上下文猜測出文意。

He talked about the problem in a historical context.
他談論此問題時有對照歷史背景。

語源筆記

「文章」「本文」「原文」之意的text，可以回溯拉丁文「編織」一字。「技術technique」、「科技technology」也是同樣語源。「手機簡訊」或是用手機「寄簡訊」是「text (message)」，例如「我打簡訊很慢」是「I'm slow at texting(＝text messaging).」，text為自動詞。

textile

['tɛkstaɪl]
名 紡織品

They are engaged in the textile industry.
他從事紡織產業。

text（編織）＋ile（被～）
➡ 編織物

---

texture

['tɛkstʃɚ]
名 質地、口感、觸感

The texture feels oily.
觸感油膩膩。

text（編織）＋ure（名詞化）
➡ 編織

---

architect

['ɑrkə,tɛkt]
名 建築師
architecture 名 建築學

This building was designed by a famous architect.
這棟建築由知名的建築師所設計。

arch（首領）＋tect（組合）
➡ 蓋房子的首領

---

pretext

['pritɛkst]
名 藉口、託辭

She could find no pretext for firing him.
她找不到藉口開除他。

pre（前面）＋text（組合）
➡ 在對方面前組合語言

143

6-8　tempo＝時間、季節

contemporary

[kənˋtɛmpəˏrɛrɪ]

con（一起）＋**tempo**（時間）＋**ary**（形容詞化）

➡ 同時代的

形 當代的、現代的　　動 同時代的人

She majors in contemporary literature.
她主修現代文學。

He was a contemporary of Shakespeare.
他和莎士比亞是同時代的人。

語源筆記

音樂術語中用以表示「樂曲速度」的「拍子（tempo）」是義大利文，可回溯到拉丁文「時間」之意的tempus，也可再往前回溯到印歐祖語代表「伸展」的ten。據說「天婦羅」的語源是葡萄牙文的temporas（四季舉行的齋戒日）。天主教的齋戒日禁止吃肉，所以就將蔬菜裹粉油炸食用。146頁的「神殿（temple）」也是來自相同語源。

temper

['tɛmpɚ]

名 情緒、暴躁、急性子、怒氣

He loses his temper easily.
他很容易發怒。

➡ 一時間的心情

temporary

['tɛmpə‚rɛrɪ]

形 臨時的、暫時的

He lives in a temporary housing unit.
他住在臨時房屋。

tempo（時間）＋ary（形容詞化）
➡ 時間性的 ➡ 短暫的

temperate

['tɛmprɪt]

形 溫和的、（氣候）溫暖的
temperament 名 氣質

The U.K. is in the Temperate Zone.
英國位處溫帶氣候區。

temper（冷靜）＋ate（形容詞化）
➡ 平靜

temperature

['tɛmprətʃɚ]

名 氣溫、體溫

Today's temperature is below zero Celsius.
今天氣溫在攝氏零度以下。

temper（氣質、脾氣）＋ture（名詞化）
➡ 創造氣質的東西

6-9　tem(p), tom ＝ 切

contemplate

[ˋkɑntɛmˌplet]

con（完全的）＋temple（神殿）＋ate（動詞化）

➡ 在神殿沉思

動 仔細考慮、盤算

關聯字彙 ➡ contemplation 名 深思熟慮、冥想

I've never contemplated suicide.
我從沒想過要自殺。

She sat there deep in contemplation.
她坐在那兒陷入沉思。

語源筆記

「原子」的atom語源是「不是～（a）＋切（tom）」，原意是「無法切得更小的東西」。形容詞是atomic「原子的」，原子彈則是atomic bomb。表示「神殿、廟宇」的temple，原意是「與紅塵俗世切割的神聖場所」。

146

temple

[`tɛmp!]

名 寺廟、神殿

This temple was built in the 4th century.
這座寺廟興建於西元四世紀。

temp（切）＋le（形容微小的字尾）
➡ 與紅塵俗世切割的神聖場所

---

anatomy

[ə`nætəmɪ]

名 解剖學、解剖結構
anatomical 形 解剖的、身體構造上的
anatomize 動 解剖

He's an authority on anatomy.
他是解剖學的權威。

ana（由下到上）＋tom（切）＋y（名詞化）
➡ 整體切開

---

entomology

[͵ɛntə`malədʒɪ]

名 昆蟲學
entomologist 名 昆蟲學者
entomological 形 昆蟲學的

She specializes in entomology.
她的專長是昆蟲學。

en（裡面）＋tom（切）＋logy（學問）
➡ 切開昆蟲的內部研究

---

epitome

[ɪ`pɪtəmɪ]

名 縮影、典型、象徵

He's the epitome of evil.
他是邪惡的象徵。

epi（裡面）＋tome（切）
➡ 從中切入縮短

6-10　vince, vict ＝ 戰爭、征服

con**vict**

動 [kən`vɪkt]；名 [`kɑnvɪkt]

con（完全）＋vict（征服）
➡ 完全打敗對手

動 使認罪、證明有罪　　名 受有罪判決的人

關聯字彙 ➡ conviction 名 有罪判決、信念

He was convicted of robbery.
他被判強盜罪。

He has no previous convictions.
他沒有前科。

語源筆記

victory「勝利」源自拉丁文「征服」「克服」之意的動詞vincere的過去分詞victoria。羅馬神話中「勝利女神」是維多利亞（Victoria），而victor是「勝利（vict）＋人（or）」所組成，有「勝者」的意思。

convince

con（完全）+vince（征服）
➡ **完全征服對手**

[kən`vɪns]
動 使信服、說服

I **convinced** her to attend the party.
我**說服**她參加派對。

province

pro（之前）+vince（征服）
➡ **已經征服的土地**

[`pravɪns]
名 州、省、領域

That **province** is rich in natural resources.
這個**州**的天然資源很豐富。

invincible

in（不是～）+vinc（征服）+ible（可以～）
➡ **無法征服**

[ɪn`vɪnsəb!]
形 無敵的、無法征服的

Our team is **invincible**.
我們這一隊是**所向無敵**。

vanquish

vanq（征服）+ish（動詞化）
➡ **征服**

[`væŋkwɪʃ]
動 征服、擊敗

Napoleon was finally **vanquished**.
拿破崙終於被**擊敗**。

6-11 ceal, cell, hell ＝ 覆蓋、隱藏

conceal

[kənˋsil]

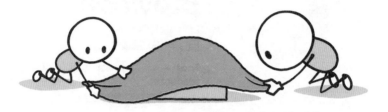

con（完全）＋**ceal**（覆蓋）

➡ 完全覆蓋

動 隱藏、隱瞞

關聯字彙 ➡ **concealer** 名（遮蓋斑點或雀斑）遮瑕膏
concealment 名 隱匿

He tried to conceal the evidence.
他試圖掩蓋證據。

Concealer is a must for me.
我很需要遮瑕膏。

語源筆記

「地獄」的hell是指被覆蓋的地方、「安全帽」的helmet是蓋住頭的物品、「洞穴」的hole、「大廳」的hall、「槍套」的holster、「天花板」的ceiling等，都是來自印歐祖語中表示「覆蓋」「隱藏」的kel。「顏色」color也是相同語源，原意是「以顏色隱藏」。

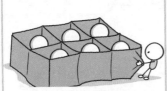

➡ 覆蓋隱藏 ➡ 修道院獨居房
➡ 小房間

cell

[sɛl]

名 細胞、單人房、電池、
手機（＝cell phone）

cellular 形 細胞的

Why is it so difficult to find cancer cells?

為什麼很難找到癌細胞？

➡ 隱密的場所

cellar

[ˋsɛlə]

名 地窖、酒窖、地下室

Will you get some wine from the cellar?

你能幫我到酒窖拿些紅酒來嗎？

➡ 周圍被覆蓋

hollow

[ˋhalo]

形 空洞的、低窪

名 凹陷、低窪

There are some birds in the horrow tree.

空洞的樹幹中有幾隻小鳥。

➡ 覆蓋的東西

hull

[hʌl]

名 豆莢、外皮、船殼

Remove the hull and get the walnut out.

剝除外殼取出核桃。

6-12 astro, stella, sider, ster ＝ 星星

consider

[kənˋsɪdə]

con（完全）＋**sider**（星星）

➡ 仔細的觀察星星

動 細想、視為、考慮

關聯字彙 ➡ **considerable** 形 相當大的、相當多的
considerate 形 體貼的
consideration 名 考慮、體貼

I consider her to be a close friend.
我將她視為很親密的朋友。

She's always considerate to the poor.
她總是對貧困的人很體貼。

語源筆記

「星星」的star是來自印歐祖語中表示「星星」的ster。「災害」的disaster 語源是「分離（dis）＋星星（aster）」，是被幸運星拋棄的狀態。stella是表示「像星星的」「一流的」等形容詞，ster由拉丁文或希臘文的aster變化而來。「星號（＊）」是asterisk、「小行星」 的asteroid是由「星星（aster）＋相像（oid）」所組成，而「紫菀」aster是一種長得像星星形狀的菊科植物。

de（分離）＋sire（星星）
➡ 希望幸運星可以出現

desire

[dɪˋzaɪr]

動 渴望、要求
名 渴望
desirable 形 引起欲望的

She has no desire for money.
她對金錢沒有欲望。

astro（星星）＋nomy（法則）
➡ 星星的法則

astronomy

[əsˋtranəmɪ]

名 天文學
astronomical 形 天文學的
astronomer 名 天文學家

He's interested in astronomy.
他對天文學很有興趣。

astro（星星）＋naut（水手）
➡ 太空船船員

astronaut

[ˋæstrəˌnɔt]

名 太空人

His aim is to be an astronaut.
他的目標是成為太空人。

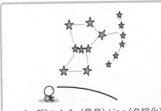

con（一起）＋stella（星星）＋ion（名詞化）
➡ 星星聚集

constellation

[ˌkanstəˋleʃən]

名 星座、星宿

What is your constellation?
你是什麼星座？

153

Chapter

7

in-, en-, em-
（裡面、完全）

in-, en-, em-

（裡面、完全）

印歐祖語中表示「在～裡面」的en轉化為拉丁文中的in，代表「裡面」或「上面」的意思。in如果接在b, m, p之前，就會變成im，如果接在r前面就變成ir。en也一樣，接在b, m, p之前就變成em。

enchant
[ɪn`tʃænt]

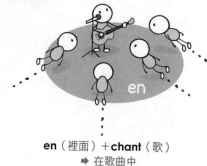

en（裡面）＋**chant**（歌）
➡ 在歌曲中
動 使陶醉

語源筆記

如同「歌曲」的義大利文是canzone，法文是chanson，拉丁文的can、chan都有「歌唱」的意思。「魅力」的charm及「魅力的」charming也是相同語源。

inherit
[ɪn`herɪt]

語源筆記

「繼承人」的heir源自拉丁文，原意為「接替」。「世界遺產」是World Heritage，而heritage意為「繼承的物品」。heredity則是由雙親繼承而來，表示「遺傳」。

in（裡面）＋**heir**（繼承人）➡ 成為繼承人
動 繼承、接替　**inheritance** 名 繼承、遺產

inhale
[ɪnˋhel]

in（裡面）+hale（呼吸）
➡ 吸氣
動 吸入

insurance
[ɪnˋʃʊrəns]

in（裡面）+sure（確實）+ance（名詞化）
➡ 成為確實的東西
名 保險
insure 動 投保

inmate
[ˋɪnmet]

in（裡面）+mate（朋友）
➡ 監獄的朋友
名 被收容者、囚犯

empower
[ɪmˋpaʊɚ]

em（裡面）+power（力量）
➡ 注入力量
動 授權

enjoy
[ɪnˋdʒɔɪ]

en（裡面）+joy（樂趣）
➡ 樂在其中
動 享受

enrich
[ɪnˋrɪtʃ]

en（裡面）+rich（豐富）
➡ 讓裡面變豐富
動 使富裕

7-1　au(g), au(c) = 增加、產生

inaugurate

[ɪnˋɔgjəˌret]

in（裡面）+augur（增加）+ate（動詞化）

➡ 做法祈求豐收

動 使正式就任、舉行開幕式

關聯字彙 ➡ inauguration 名 就任（儀式）

Washington was inaugurated as the first President.
華盛頓就任第一任總統。

The inauguration of the President was held yesterday.
昨天舉行總統就職大典。

語源筆記

author「作者」的語源是「增加（au）+人（or）」，表示催生並增加某物的人。而「共同作者」為co-author。auction「拍賣」是指美術品「競標」，語源是「增加（auc）+事情（tion）」，表示價格漸漸增加。「8月（August）」是源自古羅馬帝國第一位皇帝奧古斯都（Augustus）的誕生月份，augustus在拉丁文中是「必須尊敬」之意。

authority

[ə`θɔrətɪ]

名 權力、權威、權威人士、當局

She is an authority on linguistics.
她是語言學的權威。

author（創造事物的人）＋ity（名詞化）
➡ 成為創造物品的人

---

authorize

[`ɔθə͵raɪz]

動 授權

The king authorized the mayor to rebuild the city.
國王授權市長重建城市。

author（創造事物的人）＋ize（動詞化）
➡ 創造事物的人

---

authoritative

[ə`θɔrə͵tetɪv]

形 命令式的、權威性的

I hate his authoritative voice.
我痛恨他用命令式的語調。

authority（權限）＋tive（形容詞化）
➡ 授予權限

---

augment

[ɔg`mɛnt]

動 增加、擴大
augmentation 名 增加、擴大

I want to augment my income.
我想要增加收入。

➡ 從古法文中具有「增加」「變大」的augmenter而來

7-2　fla(m)＝閃耀、燃燒

in**flame**

[ɪn`flem]

in（裡面）＋flame（燃燒）

➡ 在裡面燃燒

動 煽動、使極度激動

關聯字彙 ➡ inflamed 形 紅腫的、激動的

inflammation 名 炎症

His words inflamed the crowd.
他的話激怒了人群。

His eyes are red and inflamed.
他的眼睛又紅又腫。

語源筆記

flamingo「紅鶴」是源於西班牙文或葡萄牙文表示「閃耀著火焰般的色彩」之意，可回溯到拉丁文表示「燃燒」的fla(m)。西班牙佛朗明哥舞（flamenco）是安達盧西亞地區吉普賽人的舞蹈，一種舞者身著豔麗的服飾，全身散發熱情的舞蹈。

flammable

flam（火焰）＋able（能夠）

➡ **能夠起火**

[`flæməb!]

形 可燃的、易燃的

inflammable 形 可燃的、一觸即發的

This is a highly flammable gas.

這是**易燃性**很高的氣體。

---

nonflammable

non（不是～）＋flam（燃燒）＋able（能夠～）

➡ **不能燃燒**

[ˌnɑnˈflæməb!]

形 不可燃的、不易燃燒的

The substance is nonflammable.

這個物質是**不可燃的**。

---

flamboyant

flamboy（燃燒）＋ant（形容詞化）

➡ **燃燒著**

[flæmˈbɔɪənt]

形 豔麗的、浮誇的

She is known for her flamboyant personality.

她以**浮誇的**個性聞名。

---

conflagration

con（完全）＋flag（燃燒）＋ate（動詞化）＋ion（名詞化）

➡ **完全燃燒**

[ˌkɑnfləˈgreʃən]

名 大火、戰爭

There was a conflagration in the forest.

那裡曾經發生森林**大火**。

7-3　blo, bla, fla ＝ 吹

inflate

[ɪn`flet]

in（裡面）＋**flate**（吹）

➡ 吹入

動 **使充氣、使膨脹**

關聯字彙 ➡ **inflation** 名 **通貨膨脹**

I don't know how to inflate the life jacket.
我不知道如何幫救生衣**充氣**。

The rate of inflation is slowing down.
通貨膨脹率趨緩。

語源筆記

「吹風」「吐氣」的blow，是源自印歐祖語中表示「吹」「膨脹」之意的
bhle。bhle流傳到拉丁文後變成fla，再透過日耳曼文成爲blo或bla。將各種
材料混合在蛋白霜中，用烤箱烤得柔軟蓬鬆的甜點「舒芙蕾（soufflé）」，
也是相同語源。

flav（吹）+or（物品）
➡ 吹過來的東西

flavor

[`flevɚ]

名 風味、味道、香料

This spice heightens the flavor of meals.

這種香料增添了餐點的風味。

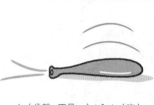

de（分離、不是～）+flate（吹）
➡ 不吹

deflate

[dɪ`flet]

動 癟掉、緊縮、抽氣
deflation 名 通貨緊縮

The tire looks deflated.

輪胎似乎漏氣了。

bla（吹）+er（物品）
➡ 吹東西
➡ 將空氣注入動物的膀胱中
保存食物

bladder

[`blædɚ]

名 膀胱、囊狀物

You need to empty your bladder 4~6 times a day.

你每天必須排尿4～6次。

➡ 風劇烈吹拂

blast

[blæst]

名 爆炸、疾風、愉悅的經驗
動 爆破、轟炸

We had a blast at the party.

我們在派對上玩得很盡興。

7-4　corp(or) = 身體

incorporate

[ɪn`kɔrpəˌrɪt]

in（裡面）＋**corpor**（身體）＋**ate**（動詞化）

➡ 放入體內

動 **使併入、組成公司**

關聯字彙 ➡ incorporation 名 合併、結合、公司

My business was incorporated.
我開了一家公司。

They supported the incorporation of the company.
他們支持公司**合併**。

語源筆記

女性的調整型內衣，或是整形外科用的corset「束腹」是源於「身體（cors）
＋小的物品（et）」。corsage「胸罩」原本是指女性貼身胸衣上的胸花。而
corpus「文集」是指，將書面文字和口語文字有體系的集結在一起，本意是
「人體」。

corpor(身體)+ate(動詞化)+ion(名詞化)
➡ 成為身體 ➡ 法人

corporation

[ˌkɔrpəˈreʃən]

名 企業、公司、法人

corporate 形 法人的、公司的、團體的

Corporations **are downsizing.**
公司正在進行裁員。

corpor（身體）＋al（形容詞化）
➡ 身體的

corporal

[ˈkɔrpərəl]

形 肉體的

Corporal punishment **is strictly prohibited.**
嚴禁體罰。

➡ 人體

corpse

[kɔrps]

名 （人的）屍體、殘骸

The corpse **was found in the forest.**
屍體在森林中被發現。

➡ 一群人

corps

[kɔr]

名 兵團、部隊、團體

He was a member of the diplomatic corps.
他曾經是外交使節團的一員。

7-5　deb, du＝負擔、借

indebted

[ɪn`dɛtɪd]

in（裡面）＋**debt**（借來的東西）＋**ed**（形容詞化）

➡ **負債中**

形 **受惠的、負債的**

I'm deeply indebted to him.
我非常感謝他。

I'm indebted to him for 100 dollars.
他借我100美元。

語源筆記

「金融簽帳卡（debit card）」，是在購物時，金額會直接從自己的帳戶中扣除的卡片。debit的語源是「負擔、借（deb）＋被（it）」，原意就是「借來的東西」，當動詞時表示從帳戶「扣款」的意思。

debt

[dɛt]

名 負債、借款、恩義
debtor 名 債務人

I'm in debt to her for one million dollars.

我借了100萬美金給她。

➡ 借來的東西

duty

[ˋdjutɪ]

名 義務、職務、關稅
duty-free 形 免稅的 名 免稅品

How much is the duty on this watch?

這支手錶的關稅是多少？

du（負擔）＋ty（名詞化）

➡ 應該負擔

debenture

[dɪˋbɛntʃɚ]

名 債券、公司債券、債務證明

What is convertible debenture?

什麼是可轉換公司債？

deb（借）＋ture（名詞化）

➡ 借東西

overdue

[ˋovɚˋdju]

形 過期的、超過預產期

This library book is overdue.

這本圖書館的書已經超過返還期限。

over（超過）＋due（期限的）

➡ 過期

7-6　demo＝人群

endemic

[ɛn`dɛmɪk]

en（裡面）＋**dem**（人群）＋**ic**（形容詞化）

➡人群之中

形 某地特有的、地方性的

名 地方病

Malaria is still endemic in this region.
瘧疾在當地仍然很盛行。

This is a species endemic to Taiwan.
這是台灣特有種。

語源筆記

善於煽動人心的人，特別是指政客，英文為demagogue，由「人群（dem）＋驅趕（ag）＋物品（gue）」所組成。而為了特定思想、主張而聚集的「示威（demonstration）」，語源是「完全（de）＋展示（mon）＋物品（ster）＋做（ate）＋事情（ion）」，也有「實地示範」的意思。

pandemic

[pænˋdɛmɪk]

形 世界性（全國性）流行、疫情

This flu could reach pandemic status worldwide.

流感可在各地造成世界性大流行。

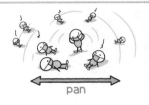

pan（全部）＋dem（人群）＋ic（形容詞化）

➡ **所有民眾的**

---

epidemic

[ˌɛpɪˋdɛmɪk]

形 傳染的、流行性
名 流行病、瘟疫、傳播

There was a cholera epidemic in 1854.

1854年爆發霍亂疫情。

epi（上面、其中）＋dem（人群）＋ic（形容詞化）

➡ **人群之中**

---

democracy

[dɪˋmɑkrəsɪ]

名 民主主義、民主國家
democrat 名 民主主義者
democratic 形 民主主義的

America is no longer a democracy.

美國不再是個民主國家。

demo（人群）＋cracy（支配）

➡ **支配人群**

---

demography

[dɪˋmɑgrəfɪ]

名 人口統計學
demographics 名 人口統計
demographic 形 人口統計的
名 （顧客）族群

She's an expert on demography.

她是人口統計學專家。

demo（人群）＋graph（寫）＋y（名詞化）

➡ **將人群組成寫下來**

7-7 fan, phan ＝ 出現、看見

emphasize

[`ɛmfə͵saɪz]

em（完全）＋phas（看見）＋ize（動詞化）

➡ 清楚看見

動 強調

關聯字彙 ➡ emphasis 名 強調
emphatic 形 強調的

He emphasized the importance of education.
他強調教育的重要性

I want to put emphasis on this point.
我想要強調這一點。

語源筆記

fantasy「幻想」的原意是「出現幽靈」，引申為「幻想」或「空想」。fantasy
的形容詞是fantastic，由「空想的」轉化為「脫離現實的」「極好」的意思。
義大利文的「幻想曲」是fantasia。

phase

[fez]

名 階段、面、方面

The economy is entering a new phase.

經濟進入新局面。

➡ 從「出現」引申為「外觀」

phenomenon

[fə`namə͵nan]

名 現象、驚人的事

phenomenal 形 現象的、驚人的

The cell phone is not a new phenomenon.

手機不是什麼新現象。

➡ 來自看得到的東西

fancy

[`fænsɪ]

動 想像、設想

名 幻想、想像力、迷戀

形 別緻的、高級的

Fancy meeting you here!

真沒想到能在這裡遇見你!

➡ 與fantasy（幻想）相同語源

phantom

[`fæntəm]

名 幽靈、幻像

形 幽靈似的、幻覺的

Have you ever seen *The Phantom of the Opera*?

你有看過《歌劇魅影》嗎?

➡ 出現的東西

7-8　trude＝推

intrude

[ɪn`trud]

in

in（裡面）＋**trude**（推）

➡ 推進去

動 闖入、侵入、打擾

關聯字彙 ➡ intrusive 形 打擾的、侵入的
intrusion 名 侵害、侵入

Don't intrude on my privacy.
請勿侵犯我的隱私。

Stop being intrusive.
別再打擾了。

語源筆記

intrude源自拉丁文中表示「推」「擠」的trudere。雖然拼音有些不一樣，從強制推擠的意象衍生出threat「脅迫」、threaten「恫嚇」、threatening「脅迫的」、thrust「猛推」「刺」。

extrude

ex（外面）＋trude（推）
➡ 推出去

[ɛk`strud]

動 擠壓出、噴出

Lava is being extruded from the volcanic vent.

熔岩從火山口噴發而出。

protrude

pro（前面）＋trude（推）
➡ 推出去

[pro`trud]

動 使突出、使伸出
protrusion 名 突出

Gently protrude your tongue.

慢慢地把你的舌頭伸出來。

obtrude

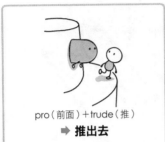

ob（朝向）＋trude（推）
➡ 推壓

[əb`trud]

動 強迫、多管閒事
obtrusive 形 強迫人的、打擾的

Don't obtrude your opinions on me.

不要把你的想法強加在我身上。

abstruse

abs（分離）＋truse（推）
➡ 不要推 ➡ 不明顯 ➡ 很難懂

[æb`strus]

形 難懂的、深奧的

It's impossible to solve this abstruse problem.

要解出這道深奧的題目是不可能的。

7-9　rot, rol ＝ 轉、捲

enroll

[ɪn`rol]

en（裡面）＋roll（捲）

➡ 捲進去

動 使入會（入學）、註冊、應徵

關聯字彙 ➡ enrollment 名 使入會（入學）、註冊、應徵

She was enrolled in National Taiwan University.
她錄取國立台灣大學。

My enrollment was accepted.
我的入學申請核准了。

語源筆記

rotary是為了疏導交通，在市區十字路口中心或車站前所設置的圓環，語源是「轉（rot）＋狀態（ary）」。將麵團擀平捲起烘烤的「奶油麵包捲」，正確的名稱是bread roll。「雲霄飛車」是roller coaster。

roll

➡ 捲

[rol]

動 轉動、搖晃、滾動、捲
名 捲狀物、搖晃、名冊

Let me call the roll.
讓我來點名(冊)。

---

role

➡ 有台詞的卷軸

[rol]

名 任務、(戲劇)角色

Fish plays an important role in Japanese cuisine.
魚類在日本料理中扮演重要的角色。

---

rotate

rot(轉)+ate(動詞化)
➡ 轉動

[`rotet]

動 旋轉、循環、自轉
rotation 名 旋轉、循環、自轉

Does the moon rotate?
月球會自轉嗎?

---

control

contr(對於～)+rol(轉)
➡ 往反方向轉
➡ 控制

[kən`trol]

動 支配、控制、抑制
名 支配、控制、抑制

He couldn't control himself.
他不能控制自己。

7-10　nov, new ＝ 新

innovation
[ˌɪnə`veʃən]

in（裡面）＋nov（新）＋ate（動詞化）＋ion（名詞化）
➡ 放入新的東西

名 革新、新方法

關聯字彙 ➡ innovate 動 革新、導入

There has been little innovation in that industry.
那個產業幾乎沒有創新。

You must innovate to make progress.
你必須創新才能有進步。

語源筆記

印歐祖語中表示「新」的newo，在現代英文中幾乎保留原型，以new的姿態流傳至今，但經由古希臘文轉化爲neo，又經由拉丁文轉化爲nov。天文學專有名詞「新星」是nova，「小說」novel的原意是「新事物」。

anew

a（朝～方向）+new（新）
➡ 新方向

[ə`nju]

副 重新、再一次

Let's start anew.
讓我們**重新**開始。

---

renew

re（再次）+new（新）
➡ 再一次更新

[rɪ`nju]

動 更新、重新開始
renewal 名 復活、重新開始
renewable 形 可更新的

I have to get my passport renewed.
我必須去**更新**護照。

---

novelty

nov（新）+el（形容小的字尾）+ty（名詞化）
➡ 新事物

[`nav!tɪ]

名 新穎、新奇
novel 形 嶄新的　名 小說

Novelty tends to wear off.
新穎性趨於消失。

---

renovate

re（再次）+nov（新）+ate（動詞化）
➡ 再次創新

[`rɛnə,vet]

動 翻新、修理
renovation 名 更新、修理

This restaurant has been renovated recently.
這間餐廳最近要**翻新**。

7-11　merge, merse＝沉浸

immerse

[ɪˋmɝs]

im（裡面）＋**merse**（沉浸）

➡ 沉浸其中

動 沉沒、浸沒、埋首於、使專心

關聯字彙 ➡ immersion 名 沉浸、浸沒、專心、陷入

He's immersed in his studies.
他專心於研究中。

I'm interested in an immersion program.
我對沉浸式教學很有興趣。

語源筆記

學習外文時，其他學科也全面使用該語言來學習，藉由完全沉浸於語言環境的方式來增進語言能力的學習法稱為immersion「沉浸式學習法」，是由「裡面（im）＋沉浸（merge）＋事情（ion）」所組成。

➡ 泡在相同的水裡

merge

[mɝdʒ]

動 合併、融合

merger 名 合併

He merged his company with a larger business.

他讓自己的公司與更大的企業**合併**。

e(x)

e(外面)+merge(沉浸)

➡ 浸泡在裡面的東西跑出去

emerge

[ɪˋmɝdʒ]

動 出現、顯露

The moon emerged from behind the clouds.

月亮從雲層間**露出來**。

emerge(出現)+ency(名詞化)

➡ 出現

emergency

[ɪˋmɝdʒənsɪ]

名 緊急情況

emergent 形 緊急的

A state of emergency has been declared.

已經宣布進入**緊急**狀態。

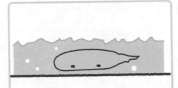

sub(下面)+merge(沉沒)

➡ 下沉

submerge

[səbˋmɝdʒ]

動 淹沒、隱藏、潛入水中

submersion 名 潛入水中、淹水

The ship was submerged off the coast.

那條船**沉入**沿海地區。

Chapter

8

in-, un-, a-

(不是～)

in-, un-, a-

（不是～）

in是源自印歐祖語中帶有「不是～」否定意味的ne。ne（不是～）經由希臘文轉變為an，最後以un的型態傳入英文。接在b, m, p字母之前，in會變成im；接在l之前則會變成il，在r前面則是變成ir。

inflexible
[ɪnˈflɛksəbl]

flexible

in（不是～）＋**flex**（彎曲）＋**ible**（可以）
➜ 無法彎曲的

形 不可彎曲的、執拗的
flexible 形 可彎曲的 **flexibility** 名 彈性

語源筆記

源自於拉丁文「彎曲」之意的flectere。reflect的話，是由「re（向後）＋flect（彎曲）」組成，表示「反射、省思」。reflex則是「反射能力」。reflexology為「反射療法」，是按壓腳底特定部位，身體特定部位就會有反應，並可藉此改善疲勞的療法。

unhappy
[ʌnˈhæpɪ]

happy

語源筆記

happy「幸福」源於日耳曼語表示「命運」的hap。happen是「發生」、perhaps是「或許」、haphazard是「隨意」、mishap是「災難」、hapless是「不幸的」，都是相同語源。

un（不是～）＋**happy**（快樂）➜ 不開心
形 不幸的

incorrect
[ˌɪnkə`rɛkt]

in(不是～)+co(r)(完全)+rect(筆直)
➡ 完全不筆直
形 不正確的、錯誤的
correct 形 正確的、恰當的

incomplete
[ˌɪnkəm`plit]

complete

in(不是～)+com(完全)+plete(填滿)
➡ 完全沒有裝滿
形 不完全的
complete 形 完全的 動 完成

indirect
[ˌɪndə`rɛkt]

direct

in(不是～)+di(分離)+rect(直接)
➡ 不要馬上離開
形 間接的
direct 形 直接的 動 針對、指導

unarmed
[ʌn`armd]

armed

un(不是～)+arm(武器)+ed(做完)
➡ 沒有拿武器
形 未武裝的
armed 形 武裝的

unconscious
[ʌn`kɑnʃəs]

conscious

un(不是～)+con(完全)+sci(知道)
+ous(形容詞化)
➡ 不知道自己的事
形 不省人事的、失去知覺的
conscious 形 有意識的、察覺到的

irresponsible
[ˌɪrɪ`spɑnsəb!]

responsible

ir(不是～)+re(復元)+spons(發誓)
+ible(能夠)
➡ 宣示無法復元
形 無責任感的
responsible 形 有責任感的

183

8-1　num, nom = 數字、抓

innumerable

[ɪˋnjumərəbl̩]

in（不是～）＋**num**（數字）＋**able**（能夠）

➡ 無法計算

形 **數不清的、無數的**

關聯字彙 ➡ **numerical** 形 數字的、數值的

Look at the innumerable stars in the sky.
看著天空中數不盡的星星。

Put them in numerical order.
按照數字順序放置。

語源筆記

「數字」number是源自拉丁文numerus，可回溯至印歐祖語「抓取」之意的nem。「經濟」economy的原意是「家（eco）＋抓取（nom）＋事情（y）」，由「管理家庭（國家）」轉化為「經濟、節約」的意思。astronomy是「天文學」、autonomy是「自由權」、gastronomy則是「烹飪法」。

num（數字）+ous（形容詞化）
➡ **有數量**

numerous

[`njumərəs]
形 很多的、為數眾多的

I've met him on numerous occasions.
我見過他無數次。

e（外面）+num（數字）+ate（動詞化）
➡ **數出來**

enumerate

[ɪ`njuməˌret]
動 數、列舉

Can you enumerate the capitals of the 50 states?
你能列舉出50州有哪些首府？

➡ **感覺被抓住**

numb

[nʌm]
形 失去感覺、驚呆的
動 使麻木

Both of my legs went numb.
我的雙腳發麻。

eco（家、國家）+nom（抓取）+y（名詞化）
➡ **抓住家（國家）**

economy

[ɪ`kɑnəmɪ]
名 經濟、節約　形 廉價的、經濟的
economical 形 經濟的、不浪費的
economics 名 經濟學
economic 形 經濟學的

This country's economy is still growing.
這個國家的經濟仍在成長中。

8-2　art＝連上、技術、藝術

inarticulate

[ˌɪnɑrˋtɪkjəlɪt]

in（不是～）＋**art**（連上）＋**cul**（形容小的字尾）＋**ate**（形容詞化）

➡ 無法好好連上

形 口齒不清的、發音不清晰的

關聯字彙 ➡ **articulate** 形 善於表達的、表達清楚的
動 咬字清晰（發音）

He became inarticulate with rage.
他氣到說不出話來。

He gave a witty, articulate speech.
他發表了一個詼諧風趣又清楚易懂的演說。

語源筆記

「手臂」的arm與「藝術」的art有相同的字根，是源於印歐祖語有「巧妙接合」之意的ar。art由巧妙接合之「技術」轉化為「藝術」之意。「藝術的」是artistic、「狡猾的」是artful、「自然的」是artless、「人工的」是artificial。「協調」之harmony也是相同語源。

article

art（連接）＋cle（形容小的字尾）
➡ 接合的東西

[`ɑrtɪk!]

名 文章、項目、物品、冠詞

I wonder who wrote this article.
我想知道這篇文章是誰寫的。

artifice

art（技術）＋fice（製作者）
➡ 思考對策

[`ɑrtəfɪs]

名 詭計、巧妙辦法

He seemed to be without artifice.
他好像沒有任何巧計。

artisan

art（技術）＋an（人）
➡ 有技術的人

[`ɑrtəzn]

名 工匠、技工

He is a skillful artisan of paper cutting.
他是技術純熟的裁紙工匠。

inert

in（不是～）＋ert（技術）
➡ 沒有技術

[ɪn`ɝt]

形 無動力的、無生氣的
inertia 名 遲鈍、惰性

He is lying inert in bed.
他懶洋洋地躺在床上。

8-3　cit, civ＝都市、城鎮

uncivil

[ʌn`sɪvḷ]

un（不是～）＋**civ**（都市）＋**il**（形容詞化）

➡ 非都會的

形 不文明的、無禮的

關聯字彙 ➡ **civil** 形 市民的、一般人的、國內的

It was uncivil of him to say such things.
他說出這種話非常無禮。

His father died in the civil war.
他的父親死於內戰。

語源筆記

「都市」的city源自拉丁文表示「市民」之意的civis。civil是由「住在都市」轉化為「市民的」「一般人的」的意思。「市民」「國民」的citizen原意是「都市（cit）＋人（en）」。

citizenship

citizen（市民）＋ship（名詞化）
➡ 市民的東西

[ˋsɪtəznˏʃɪp]

名 公民權
citizen 名 市民、國民

She got American citizenship.
她取得美國公民權。

---

civic

civ（都市）＋ic（形容詞）
➡ 都市的

[ˋsɪvɪk]

形 城市的、市民的
civics 名 公民（科目）

It is your civic duty to vote in elections.
參與選舉投票是公民的義務。

---

civilian

civ（都市）＋il（形容詞化）＋ian（人）
➡ 都市的人

[sɪˋvɪljən]

名 平民、百姓
形 平民的、民用的

Many innocent civilians were killed in the war.
戰爭中有很多無辜的百姓犧牲。

---

civilization

civ（都市）＋il（形容詞化）＋ize（動詞化）
＋tion（名詞化）
➡ 都市化

[ˏsɪvḷəˋzeʃən]

名 文明
civilize 動 使文明、教化
civilized 形 文明化

Warfare didn't happen until civilization arose.
直到文明出現才有戰爭。

8-4　crede＝信任、信用

incredible

[ɪn`krɛdəb!]

in（不是～）＋**cred**（信用）＋**ible**（能夠）

➡ 不能相信

形 不能相信的、驚人的

關聯字彙 ➡ credible 形 可相信的

That's incredible.
那太不可置信了。

He gave a credible explanation.
他的解釋可以相信。

語源筆記

「信用卡（credit card）」是在購買時「相信」使用者，由發卡銀行暫時先支付給店家。credit的語源是「信用（cred）＋被（it）」，也就是「被信任」。除了有銀行「借款」「代扣款」之意，還有「信用」「名聲」「學分」的意思。

accredit

[əˈkrɛdɪt]
動 相信、認可

He is accredited with that invention.
他被認定是那個發明的發明人。

a(c)（往～）＋credit（信用）
➡ 相信～

creed

[krid]
名 信條、主義、教義

What is your creed?
你的信條是什麼？

➡ 相信

incredulous

[ɪnˈkrɛdʒələs]
形 不輕信的、懷疑的
credulous **形** 容易受騙的

He gave me an incredulous look.
他以懷疑的目光看著我。

in（不是～）＋cred（信用）＋ous（形容詞化）
➡ 不相信

credence

[ˈkridəns]
名 相信、可信

There is no credence to the story.
這個故事不可信。

cred（信用）＋ence（名詞化）
➡ 相信

8-5　mort, mur＝死

immortal

[ɪ`mɔrt!]

im（不是～）＋mort（死）＋al（形容詞化）
➡ 不會死

形 不朽的、長久的　名 不朽人物

關聯字彙 ➡ immortality 名 長生、不朽
mortal 形 會死的、致命的、凡人的
mortality 名 必死性、死亡率

I believe the soul is immortal.
我相信靈魂不朽。

We are mortal.
人是會死的。／我們是凡人。

語源筆記

愛倫坡以巴黎爲舞台的推理小說《莫爾格街凶殺案》（*The Murders in the Rue Morgue*），其中morgue是「屍體放置處」的意思，源自拉丁文表示「死亡」的mori，更可回溯到印歐祖語表示「刮」「傷害」的mer。「惡夢」的nightmare也是相同語源。

murder

➡ 使喪命

[ˋmɝdɚ]
名 謀殺、凶殺
動 謀殺、凶殺
murderer 名 殺人犯

He was arrested for an attempted murder.
他因殺人未遂被逮捕。

mortgage

mort（死）＋gage（誓約）
➡ 死的誓約

[ˋmɔrgɪdʒ]
名 抵押貸款、抵押
動 抵押

I mortgaged my house.
我抵押了我的房子。

mortuary

mort（死）＋ary（場所）
➡ 死的地方

[ˋmɔrtʃʊˌɛrɪ]
名 停屍間

His body was sent to the mortuary.
他的遺體被送到停屍間。

mortify

mort（死）＋ify（動詞化）
➡ 讓人想尋死

[ˋmɔrtəˌfaɪ]
動 使感屈辱、抑制
mortification 名 屈辱、苦行

I was mortified by his rude remarks.
他粗魯的言論讓我感到受辱。

8-6　hum(il), homo ＝ 低、人類

inhuman

[ɪnˋhjumən]

in（不是～）＋**hum**（人類）＋**an**（形容詞化）

➡ 不是人類

形 **無人性的、殘酷的**

關聯字彙 ➡ **human** 形 人的、有人性的　名 人
humane 形 有人情味的、仁慈的

How can they do such inhuman things?
他們怎麼能夠做出這麼慘無人道的事？

The accident resulted from human error.
這起事故是由於人為疏失所引起。

語源筆記

印歐祖語中表示「大地」的dhghem，在拉丁文中轉變爲humus，帶有「人」的意思。然後以形容詞humanus的形式轉變爲human進入英文。由於原本有「大地」的含意，所以也表示「低」。「智人」Homo sapiens是從拉丁文的「人類（homo）＋有智慧（sapiens）」而來的。

humanity

[hju`mænətɪ]

名 人道、人性、慈愛

That doctor is wanting in humanity.
這個醫生缺乏醫德。

human（人類的）＋ity（名詞化）
➡ **人**

---

humble

[`hʌmb!]

形 謙遜的、（身分地位）低下的

He was humble about his success.
他對自己的成功很謙虛。

hum（低下）＋ble（形容詞化）
➡ **謙虛**

---

humid

[`hjumɪd]

形 潮濕的
humidity 名 濕氣、濕度

Summer in Taiwan is hot and humid.
台灣的夏季高溫潮濕。

hum（低）＋id（形容詞化）
➡ **低的地方** ➡ **低濕地的**

---

humorous

[`hjumərəs]

形 幽默的、詼諧的
humor 名 幽默感、心情、性情

He is known as a humorous writer.
他以幽默作家聞名。

humor（人類的體液）＋ous（形容詞化）
➡ **人體的體液所組成**

8-7　arch＝首長、頭目、支配

anarchy

[ˋænəkɪ]

a(n)（不是～）＋**arch**（首長、頭目）

➡ 首長不在的狀態

名 **無政府狀態、無法無天**

關聯字彙 ➡ **anarchist** 名 無政府主義者
　　　　　anarch 名 無政府主義的領袖

The country fell into anarchy.
國家陷入無政府狀態。

The anarchist was imprisoned.
無政府主義者被監禁。

語源筆記

「等級制度」hierarchy這個字，來自希臘文「司祭長（hier）＋支配（anarch）」，從天主教聖職者的階級，轉而表示金字塔形的位階制度或組織。「天使長」是archangel，「大主教」是archbishop。

monarch

[`manɚk]

名 (專制) 君主
monarchy 名 君主政治、王室

The role of the monarch is symbolic.
君主是象徵性的存在。

mon (1個) + arch (首長、頭目)
➡ 首長只有1個

patriarchy

[`petrɪˌarkɪ]

名 父權制、父權社會
patriarch 名 家長、族長
matriarchy 名 母系社會

The society is based on patriarchy.
這是一個父權社會。

part (父) + arch (首長) + y (名詞化)
➡ 父親是一家之主

archaic

[ar`keɪk]

形 古色古香的、古代的

This is an archaic word.
這是一種古語。

archa (頭目) + ic (形容詞化)
➡ 頭目的 ➡ 以前的

archeology

[ˌarkɪ`alədʒɪ]

名 考古學
archeological 形 考古學的
archeologist 名 考古學者

The professor is an authroity on archeology.
這位教授是考古學權威。

arch (首長、頭目) + logy (學問)
➡ 以前時代的學問

8-8　log(ic), loqu ＝ 語言、邏輯、話語

illogical

[ɪˋlɑdʒɪk!]

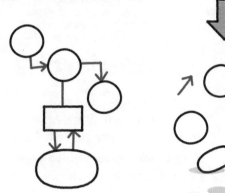

i(l)（不是～）＋**logic**（邏輯）＋**al**（形容詞化）

➡ 不合乎邏輯的

形 不合邏輯的

關聯字彙 ➡ logical 形 邏輯學的、合理的
　　　　　 logic 名 邏輯、邏輯學、道理

His opinion is illogical.
他的意見**不合邏輯**。

She made a logical explanation.
她的說明很**合理**。

語源筆記

logo「標誌」是將企業或組織的名字設計之後以意象的方式呈現，語源是希臘文的「語言」。「序文」「序幕」的prologue、「獨腳戲」的monologue、「後記」的epilogue、羅列商品及展示品的「目錄（catalogue）」。biology「生物學」、ecology「生態學」、geology「地質學」等，有logy字尾的都帶有「學問」的意思。

psychology

[saɪˋkɑlədʒɪ]

名 心理學
psychological 形 心理學的
psychologist 名 心理學家

I majored in psychology in college.
我大學主修心理學。

psycho（心）＋logy（學問）
➡ 心的學問

apology

[əˋpɑlədʒɪ]

名 道歉、賠罪
apologize 動 賠罪、道歉
apologetic 形 賠罪的

He made an apology for being late.
他為遲到道歉。

apo（分離）＋logy（語言）
➡ 脫離罪惡和懲罰的話

eloquent

[ˋɛləkwənt]

形 雄辯的、富於表現的
eloquence 名 雄辯

He is known as an eloquent politician.
他以雄辯的政治家而聞名。

e（外面）＋loqu（說話）＋ent（形容詞化）
➡ 朝著外面賣力說話

colloquial

[kəˋlokwɪəl]

形 會話的、口語的

This is a very colloquial expression.
這是非常口語的表現方式。

co(l)（一起）＋loqu（說話）＋ial（形容詞化）
➡ 一起說話

Chapter

9

de-, sub-

（下面）

de-, sub-
（下面）

de在拉丁文中主要字義是「下面」，轉化有「分離」「否定」之意。也有從消失的意象轉化為「完全」的意思。sub是源自拉丁文，有「下面」或「由下而上」的意思，隨著後面接續的字母，會變化為suc, suf, sug, sup, sus等。

subculture
[ˈsʌbˌkʌltʃɚ]

sub（下面）＋**culture**（文化）
➡ 下面的文化
名 次文化

語源筆記

「文化」的culture是「耕作（cult）＋事情（ure）」，源自耕耘心靈之意。耕作土地的「農業」是agriculture，水產「養殖」是aquaculture，如字面意思「耕作」的動詞是cultivate。「殖民地」的colony也是相同語源。

subdivision
[sʌbdəˈvɪʒən]

語源筆記

「分割」division的動詞是divide（劃分），來自拉丁文「分離（di）＋分開（vide）」。devise是按照喜好來區分，是「策畫」的意思，名詞型的device是精心設計的「裝置」「儀器」。

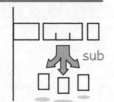

sub（下面）＋**division**（分割）➡ 在下面分割
名 細分、再分

demolish
[dɪ`malɪʃ]

de(下面)+mode(堆)+ish(動詞化)
➡ 把土堆弄塌
動 把土堆弄塌

dementia
[dɪ`mɛnʃɪə]

de(分離)+men(思考)+ia(症狀)
➡ 記憶分離的症狀
名 失智症

deny
[dɪ`naɪ]

de(完全)+ny(不是～)
➡ 完全否定
動 否認
denial 名 拒絕

detox
[dɪ`taks]

de(分離)+tox(毒)
➡ 去毒
名 戒毒 動 戒毒、解毒

subeditor
[sʌb`ɛdɪtə]

sub(下面)+editor(編輯者)
➡ 在編輯下面工作
名 審稿人

subdue
[səb`dju]

sub(下面)+due(=duce引導)
➡ 引導到下面
動 制服、鎮壓

203

9-1　　gest＝搬運

sug**gest**

[sə`dʒɛst]

su(g)（下面）＋**gest**（搬運）

➡ 往下搬運

動 提議、暗示

關聯字彙 ➡ suggestion 名 建議
　　　　　 suggestive 形 引起聯想的

I suggest we start immediately.
我提議我們馬上出發。

Do you have any suggestions?
你有任何建議嗎？

語源筆記

不說一語，只靠身體或手部等肢體動作來表現稱為「手勢（gesture）」。
gesture的語源是「搬運、動作（gest）＋事情（ure）」。「笑話」的jest也來自
相同語源。

congested

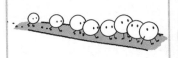

[kənˋdʒɛstɪd]

形 堵塞的、擁擠的
congestion 名 密集、充塞、壅塞

This road is always congested.
這條路總是壅塞。

con（一起）+gest（搬運）+ed（完成）
➡ **一起被搬走**

digest

[daɪˋdʒɛst]

動 消化
名 摘要
digestion 名 消化
digestive 形 消化的

This is easy to digest.
這個很容易消化。

dis（分離）+gest（搬運）
➡ **搬離開胃**

exaggerate

[ɪgˋzædʒəˌret]

動 誇張、誇大、言過其實
exaggeration 名 誇張、言過其實

Don't exaggerate.
不要誇大。

ex（完全）+a(g)（朝～方向）
+ger（搬運）+ate（動詞化）
➡ **搬太多**

register

[ˋrɛdʒɪstə]

動 登記、記錄
名 登記簿、紀錄簿

How can I register a marriage?
我要如何登記結婚？

re（還原）+gist（搬運）+er（完成）
➡ **搬回原處**
➡ **保持原狀**

9-2　scend＝爬

descend

[dɪ`sɛnd]

de（往下）＋scend（爬）

➡下來

動 下來、下降

關聯字彙 ➡ descent 名 下降、血統

It's time to descend the mountain.
是時候該下山了。

She's an American of Chinese descent.
她是華裔美國人。

語源筆記

scale除了「規模」「比率」之外，還有「等級」「刻度」的意思，動詞型爲
「攀登」梯子或山崖。escalator「手扶梯」是法文具有「爬梯子」之意的
escalade，結合elevator「電梯」所創造出來的字彙，escalate「上升」也是由
此創造而出。

ascend

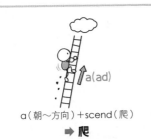

a（朝～方向）+scend（爬）
➡ 爬

[ə`sɛnd]
動 攀登、登上
ascent 名 登高、提升

Our plane is ascending into the clouds.
我們的飛機正爬升進入雲層。

---

descendant

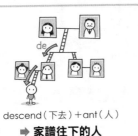

descend（下去）+ant（人）
➡ 家譜往下的人

[dɪ`sɛndənt]
名 子孫、後裔

He is a direct descendant of Mona Rudo.
他是莫那魯道的後代子孫。

---

transcend

trans（跨越）+scend（爬）
➡ 跨越攀爬

[træn`sɛnd]
動 優於、超越
transcendental 形 優秀、卓越

Her beauty transcends the whole universe.
她的美麗超越整個宇宙。

---

condescending

con（一起）+de（往下）
+scend（攀爬）+ing（正在）
➡ 一起往下爬

[͵kɑndɪ`sɛndɪŋ]
形 降低身分的、高傲的

His manner is always condescending.
他的態度總是很高傲。

9-3　pic, pig ＝ 描畫、切入

de**pict**

[dɪ`pɪkt]

de（下面）＋**pict**（描畫）

➡ 畫下來

動 描畫、描寫

關聯字彙 ➡ depiction 名 描寫、敘述

Her novel depicts life in Bali.
她的小說描寫峇厘島的生活。

The coin has a depiction of Queen Elizabeth II on it.
這個硬幣的圖案是伊麗莎白二世女王。

語源筆記

「畫」「照片」的picture，或是「描畫」的paint，都是源於印歐祖語「刻上痕跡」的peig。picture當動詞有「描繪」「想像」的意思。「紅椒」的pimento原意是「有顏色的東西」。1品脫（pint）約0.5公升，為了標示容量，在量杯等容器會印上刻度。

picturesque

[ˌpɪktʃə`rɛsk]

形 圖畫般的美麗

This is a picturesque lake, isn't it?
這座湖泊是不是美得如詩如畫?

picture（圖畫）＋esque（像～）
➡ 宛如圖畫

pictorial

[pɪk`torɪəl]

形 繪畫的、有插圖的

This is a pictorial book of flora.
這是一本植物圖鑑。

pictrue（圖畫）＋ial（形容詞化）
➡ 宛如圖畫

pigment

[`pɪgmənt]

名 顏料、畫具

The artist uses natural pigments in his work.
藝術家在其作品中使用天然的顏料。

pig（描畫）＋ment（名詞化）
➡ 畫

pictogram

[`pɪktə,græm]

名 象形圖、象形文字＝pictograph

What does this pictogram mean?
這個象形文字是什麼意思?

picto（畫）＋gram（描繪）
➡ 畫圖

9-4　spic(e) = 看

despise
[dɪˋspaɪz]

de（往下）**＋spice**（看）
➡ 往下看

動 鄙視、看不起

Do you despise me?
你是在鄙視我嗎？

I sometimes despise myself these days.
這幾天我有時候會陷入自我嫌惡。

語源筆記

在中世紀的歐洲，spice「香料」與金、銀一樣珍貴，被當成藥用，語源是來自拉丁文的species，表示「外觀、種子」。spy當動詞使用時，是「窺看」的意思。special由「醒目」引申為「特別」的意思。

specialize

[`spɛʃəlˌaɪz]

動 專門從事、專攻
special 形 特別的
specialty 名 專業、特產
specialist 名 專家

She specializes in politics.
她專攻政治學。

special（特別的）＋ize（動詞化）
➡ 變特別

conspicuous

[kən`spɪkjʊəs]

形 引人注目的、顯著的

Put it in a conspicuous place.
請放在醒目的地方。

con（完全）＋spic（看）
＋uous（形容詞化）
➡ 醒目

auspicious

[ɔ`spɪʃəs]

形 吉利的、幸運的
inauspiciousl 形 不吉的、厄運的

They have made an auspicious start.
他們有個幸運的開始。

aus（鳥）＋spic（看）＋ious（形容詞化）
➡ 觀察鳥的動向來占卜

specimen

[`spɛsəmən]

名 標本、樣品

This is a rare specimen.
這是很珍貴的標本。

speci（看）＋men（名詞化）
➡ 看見

9-5 vour = 吞下

de**vour**

[dɪˋvaʊr]

de（往下）＋**vour**（吞下）

➡ 吞下

動 狼吞虎嚥地吃、貪婪地看（或聽、讀）、毀滅

The lion devoured its prey.
獅子狼吞虎嚥地吃掉獵物。

He spent all day devouring a novel.
他花了一整天貪婪地看著小說。

語源筆記

devour源於印歐祖語「食物」「貪婪的吃」之意的gwora。有「把肚子塞得飽飽」之意的動詞gorge是由「食道」轉化而來，也有「（道路）壅塞」或「峽谷」的意思。

voracious

vora（吞下）+ious（形容詞化）
➡ 像是吞下一般

[voˋreʃəs]
形 狼吞虎嚥的、貪婪的

He has a voracious appetite.
他食欲旺盛。

---

carnivorous

carn（肉）+vor（吞下）+ous（形容詞化）
➡ 把肉吞下

[karˋnɪvərəs]
形 肉食性
carnivore 名 肉食性哺乳類

This is not a carnivorous animal.
這不是肉食性動物。

---

herbivorous

herb（草）+vor（吞下）+ous（形容詞化）
➡ 吃草

[həˋbɪvərəs]
形 草食性的
herbivore 名 草食性動物

They were herbivorous dinosaurs.
牠們是草食性恐龍。

---

omnivorous

omni（很多）+vor（吞下）+ous（形容詞化）
➡ 什麼都吃

[amˋnɪvərəs]
形 雜食性的、什麼都讀的
omnivore 名 雜食性動物

He is an omnivorous reader.
他什麼書都看。

9-6　liber＝自由

de**liver**

[dɪˋlɪvɚ]

de(分離)＋**liver**(自由)

➡ 放手

動 投遞、傳送

關聯字彙 ➡ delivery 名 投遞、傳送

Can you deliver this to my house?
你可以把這個送到我家嗎?

How much is the delivery charge?
請問遞送費用多少?

語源筆記

西非的利比亞共和國 (Liberia) 是被解放的黑奴在非洲所建立的國家,
Liberia是「自由國度」的意思。另外,排球的libero「自由球員」是指防守
位置的球員,不需裁判許可,可不限次數自由與後衛球員交換位置。

liberal

[ˈlɪbərəl]

形 不守舊的、自由主義的、心胸寬闊的
名 自由主義者、寬容大度的人

His father is liberal.
他的父親很寬容大度。

liber（自由）＋al（形容詞化）
➡ **自由**

---

liberty

[ˈlɪbətɪ]

名 自由

Where's the Statue of Liberty?
請問自由女神像在哪裡？

liber（自由）＋ty（名詞化）
➡ **自由的狀態**

---

liberalism

[ˈlɪbərəˌlɪzm]

名 自由主義

He's a man of liberalism.
他是自由主義者。

liberal（自由的）＋ism（主義）
➡ **自由主義**

---

liberation

[ˌlɪbəˈreʃən]

名 解放（運動）
liberate 動 解放

Women's liberation took place in 1970s.
女性解放運動興起於1970年代。

liber（自由）＋ate（動詞化）＋ion（名詞化）
➡ **使其自由**

9-7　popul, publ ＝ 人群

de**populate**

[dɪ`pɑpjəˌlet]

de（低下）＋**popul**（人群）＋**ate**（動詞化）

➡ 減少人群數量

動 使人口減少

關聯字彙 ➡ **depopulation** 名 人口減少

The epidemic depopulated this region.
流行病使得該地區人口減少。

Rural depopulation is a matter of serious concern.
農村人口流失是一個需要嚴重關切的問題。

語源筆記

表示「人群」「國民」的people，是源於拉丁文「人群」之意的populus。「人口」是population。「酒吧」在美國稱為bar，在英國則是pub，是public house的略稱，原意是「大家使用的房子」。

216

publ（人群）+ic（形容詞化）+ish（動詞化）
➡ 公開

publish

[ˋpʌblɪʃ]

動 出版、刊載
publisher 名 出版社、發行人
publication 名 出版物、發表

He has never published a book.
他從來沒有出版過書。

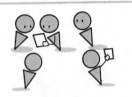

publ（人群）+ic（形容詞化）+ity（名詞化）
➡ 人們的 ➡ 公開

publicity

[pʌbˋlɪsətɪ]

名 名聲、宣傳、廣告
public 形 一般人的、公眾的

My job is to do the show's publicity.
我的工作是宣傳節目。

popular（受歡迎）+ity（名詞化）
➡ 受歡迎

popularity

[ˌpɑpjəˋlærətɪ]

名 普及、大眾化、聲望
popular 形 受歡迎的

The president's popularity has declined.
總統的聲望下滑。

popul（人群）+ate（動詞化）+ed（完成）
➡ 人們住下來

populated

[ˋpɑpjəˌletɪd]

形 有居民的、人口密集的

This is the most densely populated area.
這裡是人口最稠密的地區。

9-8　term(in) ＝ 極限、界線

de**termine**
[dɪˋtɝmɪn]

de

de（分離）＋**term**（界線）
➡ 在迷惘的心中劃出界線

動 決定

關聯字彙 ➡ **determination** 名 決心、決定、決斷力

I'm determined to study abroad.
我決定出國留學。

He is a man of determination.
他是一個有決斷力的人。

語源筆記

公車、火車的「終點站」是terminal，源自於拉丁文表示「極限」「界線」之意的terminus。「安寧療護」terminal care是所謂的「臨終醫療」。「終結者」terminator原意是「完結」，名詞的term有「期間」「學期」「條件」「專業用語」的意思。

termin（界線）＋ate（動詞化）
➡ 使其到界線（終點）

terminate

[ˋtɝməˌnet]

動 使結束、解僱、結束
termination 名 結束、終止

I have the right to terminate the contract.

我有終止契約的權利。

ex（外面）＋termin（界線）＋ate（動詞化）
➡ 驅出界線外

exterminate

[ɪkˋstɝməˌnet]

動 滅絕、消滅、根除
extermination 名 滅絕

The poison was used to exterminate moths.

這種毒藥是用來消滅飛蛾。

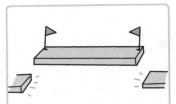

termin（界線）＋logy（言語）
➡ 定義清楚的言語

terminology

[ˌtɝməˋnalədʒɪ]

名 術語、專門用語

This book is full of terminology.

這本書有很多專業術語。

in（不是～）＋term（界線）＋able（形容詞化）
➡ 沒有界線

interminable

[ɪnˋtɝmənəbl]

形 沒完沒了

This meeting seems interminable.

這場會議看來會沒完沒了。

9-9　lude＝表演、逗弄、把玩

delude

[dɪˋlud]

de（下面）＋lude（逗弄）

➡ 逗弄下面的人 ➡ 擾亂下面的人

動 哄騙、欺騙

關聯字彙 ➡ **delusion** 名 錯覺、妄想
delusive 形 使迷惑的、虛假的

He deluded her into believing it.
他欺騙她上當。

Love is nothing but a delusion.
愛情只是一種妄想。

語源筆記

奇幻的大規模魔術秀稱為illusion，原意「幻想」是由「上面（i(l)）＋表演、逗弄（lus）＋事情（ion）」組成。而prelude「前奏曲」是「前面（pre）＋表演（lude）」、interlude「間奏曲」是「中間（inter）＋表演（lude）」的語源所組成。

i(l)（上面）＋lus（表演）＋ion（名詞化）
➡ 和別人一起表演

illusion

[ɪˋljuʒən]

名 錯覺、幻想、假象

illusionist 名 幻術家
illusory 形 幻覺的

This is an optical illusion.
這是眼睛的錯覺。

a(l)（朝～方向）＋lude（逗弄）
➡ 吸引別人過來

allude

[əˋlud]

動 拐彎抹角的說、暗示

allusion 名 拐彎抹角
allusive 形 暗示的

He alluded to his engagement.
他暗示他有婚約。

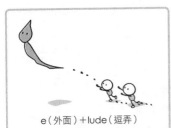

e（外面）＋lude（逗弄）
➡ 去外面逗弄

elude

[ɪˋlud]

動 躲避、逃避

elusive 形 難以抓住的、難以理解的

The suspect eluded the police for one month.
嫌疑犯躲避警察一個月了。

co(l)（一起）＋lus（逗弄）＋ion（名詞化）
➡ 一起逗弄

collusion

[kəˋluʒən]

名 共謀、勾結

collude 動 共謀

The police were in collusion with the criminals.
警察與罪犯勾結。

9-10　sert ＝ 排列、連結

de**sert**

動 [dɪˋzɝt]；名 [ˋdɛzɚt]

de（不是～）＋**sert**（連結）

➡ 沒有連結 ➡ 切斷

動 拋棄、遺棄　名 沙漠

She deserted me for another man.
她**拋棄**了我跟別的男人走。

The plane crashed in the desert.
飛機墜毀在**沙漠**中。

語源筆記

依序排列「連續」「一系列」的series，是源於印歐祖語中表示「並列」之意的ser。試算表中篩選資料的功能稱為sort，也是同樣語源。將各種巧克力放在一起，也就是「綜合巧克力禮盒」為assortment of chocolates。

a(s)（做）＋sert（連結）

➡ 將自己的意見連接上

assert

[ə`sɝt]

動 斷言、主張
assertion 名 斷言
assertive 形 堅定自信的

He asserted his innocence.

他堅稱自己是清白的。

ex（外面）＋xert（連結）

➡ 在外面連結

exert

[ɪg`zɝt]

動 盡力、運用
exertion 名 盡力、行使

You should exert all your effort.

你應該全力以赴。

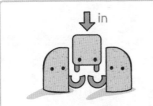

in（裡面）＋（連結）

➡ 從裡面連結

insert

[ɪn`sɝt]

動 插入、嵌入
insertion 名 插入、嵌入

Insert a coin into the slot.

請投入1個硬幣進投幣口。

con（一起）＋sort（並排）

➡ 一起排列

consort

名 [`kɑnsɔrt]；動 [kən`sɔrt]

名 （尤指國王、女王的）配偶、隨航船隻
動 陪伴、使結合、廝混

Don't consort with bad pepole.

不要跟壞人來往。

Chapter

10

re-

(再次、向後、完全)

re-
（再次、向後、完全）

字首re在拉丁文中是「再次」「還原」「向後」「完全」的意思。

remedy
[ˋrɛmədɪ]

re（再次）＋med（治療）＋y（名詞化）
➡ 不斷治療
名 治療法、糾正、補救

語源筆記

medicine「藥、醫學」、medical「醫學的」、medication「藥劑」這些都是源於拉丁文med「治癒」。

reveal
[rɪˋvil]

re（相反的）＋veil（面紗）
➡ 除去面紗
動 顯露出

語源筆記

蓋在頭上的veil「面紗」，當成動詞型有「遮掩」「戴面紗」的意思，語源來自拉丁文有「覆蓋隱藏」之意的velare。unveil「揭露」的語源為「不是～（un）＋覆蓋隱藏（veil）」，與reveal是相同意思。

return
[rɪ`tɝn]

re（再次）+turn（轉彎）
➡ 再次轉彎
動 返回、歸還　名 返回、歸還

record
名 [`rɛkəd]；動 [rɪ`kɔrd]

re（再次）+cord（心）
➡ 再次放在心上
名 紀錄　動 記錄

refresh
[rɪ`frɛʃ]

re（再次）+fresh（新鮮）
➡ 再次變新鮮
動 恢復精神

refuge
[`rɛfjudʒ]

re（向後）+fuge（逃跑）
➡ 向後逃跑
名 避難、庇護

report
[rɪ`port]

re（復元）+port（搬運）
➡ 從現場將東西搬回原來的地方
名 報告　動 報告

rejoice
[rɪ`dʒɔɪs]

re（完全）+joy（開心）
➡ 非常開心
動 欣喜

10-1　marg, mark ＝ 境界、標記

remark
[rɪˋmark]

re（完全）＋mark（標記）

➡ 清楚標記

名 評論、言詞　動 談論、說

You should ignore his remark.
你應該無視他的意見。

He remarked on the beauty of the scenery.
他描述了風景的優美。

語源筆記

北歐國家丹麥（Denmark）的國名由來，是於9～11世紀入侵英國的斯堪地那維亞人的「丹麥人（Danes）標記的國界」。千層派風味麵包稱為Danish pastry「丹麥麵包」。march「行進、快走」的原意是行走時咚咚留下足跡的意思。

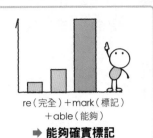

re（完全）＋mark（標記）
＋able（能夠）
➡ 能夠確實標記

remarkable

[rɪ`markəb!]

形 值得注意的、非凡的

He made remarkable progress in English.

他在英文方面有顯著進步。

land（陸地）＋mark（標記）
➡ 在陸地標上印記

landmark

[`lænd͵mark]

名 （顯而易見的）地標、里程碑

Are there any landmarks near your house?

你家附近有什麼醒目的地標嗎？

➡ 界線 ➡ 邊緣
➡ 多餘的部分 ➡ 利益

margin

[`mardʒɪn]

名 欄外空白、餘地、餘裕

Will you make a comment in the margin?

可以在空白處寫下評語嗎？

de（完全）＋marc（界限）
＋ate（動詞）＋ion（名詞化）
➡ 清晰的界線

demarcation

[͵dimar`keʃən]

名 區分、區別、界限

There is no demarcation between men and women.

男女之間沒有界限。

10-2　circ, searc ＝ 轉、彎曲、圓、環

research

[rɪ`sɝtʃ]

re（再次）＋search（環顧四周）

➡ 不斷環顧四周

動 研究　　名 研究

This book is well-researched.
這本書經過精心研究。

The research is being done by a famous doctor.
這個研究由一位知名的醫生完成。

語源筆記

circle「圓圈」的語源是「轉（circ）＋小東西（cle）」，轉一圈稱為「圓」。
另外，取其多人聚集圍著圈坐的意象，也有「好友」「團體」的意思。circuit
「環行」的語源是「轉（circ）＋走（it）」，表示「繞一圈」的意思。

➡ 團團轉
➡ 到處尋找

search

[sɝtʃ]
動 搜尋
名 搜查

The police searched for the missing boy.
警察搜尋失蹤的少年。

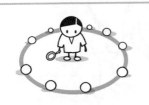

circum（圓）＋fer（搬運）＋ence（名詞化）
➡ 繞著圓圈搬

circumference

[səˋkʌmfərəns]
名 圓周、周長

Calculate the circumference of this circle.
計算這個圓的周長。

en（裡面）＋circle（圈、圓）
➡ 進入圓中

encircle

[ɪnˋsɝk!]
動 環繞、包圍

His house is encircled by a brick wall.
他的房子被一堵磚牆包圍。

circle（圈、圓）＋ate（動詞化）
➡ 像圓一樣轉動

circulate

[ˋsɝkjəˌlet]
動 循環
circulation 名 循環、發行量
circular 形 圓形的、循環的

Blood circulates through the body.
血液在體內循環。

10-3　ward, ware, guard ＝ 看、注意

regard

[rɪˋgard]

re（完全）＋**gard**（看）

➡ 仔細看

動 注視、考慮、把～認為　名 注重、尊重、事項

關聯字彙 ➡ **regarding** ～　介 關於

　　　　　regardless of ～　介 不理會的

He is regarded as a hero.
他被視為英雄。

We'll go hiking regardless of the weather.
不管天氣如何，我們都會去遠足。

語源筆記

「前衛藝術」是avant-garde，語源來自法文，原意是「守護前方」。garde傳
入英文後轉變爲guard，有「守衛、看守」的意思。而guardian是「守護者」
引申爲「監護人」的意思。

beware

[bɪˋwɛr]
動 注意、小心

Beware of pickpockets.
當心扒手。

be（接續～）＋ware（看）
➡ 看

---

aware

[əˋwɛr]
形 察覺的
awareness **名** 察覺、體認

I wasn't **aware** of his presence.
我沒有察覺到他的存在。

a（朝～方向）＋ware（看）
➡ 朝～方向看

---

award

[əˋwɔrd]
動 授予
名 獎

She was **awarded** the Nobel Peace Prize.
她獲頒諾貝爾和平獎。

a（朝～方向）＋ward（看）
➡ 看著別人的行動

---

reward

[rɪˋwɔrd]
動 報酬、報答
名 報酬

Your efforts will be **rewarded**.
你的努力將有所回報。

re（完全）＋ward（看）
➡ 仔細看別人的行動

10-4   lax, lease＝和緩、鬆懈

release

[rɪˋlis]

re（復元）＋lease（鬆懈）
➡ 回到原來的狀態

動 解放、發表　**名** 解放、發行

The hostages were released.
人質已被**釋放**。

It is already on general release.
已經公開**發行**。

語源筆記

lease是源於印歐祖語「和緩」之意的sleg。slacks「寬褲」原意就是「寬鬆的長褲」。「放鬆、和緩」之意的relax，語源是「復元（re）＋和緩（lax）」。美體或按摩經常會用到的「放鬆」relaxation一詞，要特別注意它的發音是[ˌrilæksˋeʃən]。

lease

[lis]

動 出租、租賃
名 租約

I'm thinking of leasing this cottage.
我正考慮租下這間小屋。

➡ 放寬規定

languish

[ˋlæŋgwɪʃ]

動 衰弱

The economy continued to languish.
經濟持續低迷。

lang（和緩）＋ish（動詞化）
➡ 和緩

languid

[ˋlæŋgwɪd]

形 倦怠的

The weather made him languid.
這種天氣讓他覺得很倦怠。

lang（和緩）＋id（形容詞化）
➡ 鬆懈

lax

[læks]

形 不嚴格的、馬馬虎虎的

The security is lax.
警備鬆散。

➡ 放寬規定、規則

10-5 pen, pain＝懲罰、痛苦

re**pent**
[rɪ`pɛnt]

re（完全）＋pent（痛苦）

➡ 痛苦

動 後悔

關聯字彙 ➡ repentant 形 後悔的
repentance 名 後悔

Repent your sins.
悔改你的罪過。

Be repentant of your sins.
懺悔你的罪行。

語源筆記

足球中的「Penalty Kick（PK）」，是指在嚴重犯規下，給予對手球隊任意球的機會。penalty原意是「彌補自己的罪過」。「懲罰」伴隨著痛苦，所以pain的名詞是「痛苦」的意思，形容詞painful則是「疼痛的」的意思。

punish

['pʌnɪʃ]

動 懲罰

punishment 名 處罰

You will be punished.

你會遭到懲罰。

pun（懲罰）＋ish（動詞化）

➡ **給予懲罰**

painstaking

[penz͵tekɪŋ]

形 勤勉的、刻苦的

They made a painstaking examination of the evidence.

他們很辛苦的追查證據。

pains（痛苦）＋taking（承受）

➡ **伴隨痛苦**

penitent

['pɛnətənt]

形 悔過的

They should be penitent.

他們應該悔過。

peni（痛苦）＋ent（形容詞化）

➡ **痛苦**

impunity

[ɪm'pjunətɪ]

名（懲罰、損失、傷害）免除

He behaved badly with impunity.

他雖然做得很過分，但是沒有受到懲罰。

im（不是～）＋pun（懲罰）＋ity（名詞化）

➡ **無法受罰**

10-6　pute, count ＝ 思考、數數

re**putation**
[ˌrɛpjə`teʃən]

re（再次）＋pute（思考）＋ion（名詞化）

➡ 眾人不斷思考

名 名譽

關聯字彙 ➡ **reputed** 形 馳名的、據說是～的

He has a good reputation as a doctor.
他是享譽盛名的醫生。

He is reputed to be the best doctor in this town.
他據說是鎮上最好的醫生。

語源筆記

computer「電腦」是源自於拉丁文「一起（com）數出來（pute）」的 computaré。「數數」的count也是相同語源。discount則是「不是～（dis）＋數數（count）」，表示「不用數」，也就是「折扣」的意思。

238

dispute

[dɪ`spjut]

名 爭論、爭執
動 爭論、爭執

They had a dispute about money.

他們為錢爭論不休。

dis（分離）＋pute（思考）

➡ **想法不同**

---

deputy

[`dɛpjətɪ]

名 代理人

He was promoted to deputy director.

他晉升為副理。

de（分離）＋pute（思考）＋y（名詞化）

➡ **在遠處思考的人**

---

account

[ə`kaʊnt]

名 帳目、帳戶、說明
accountant 名 會計師
accountability 名 負有責任

I'd like to open an account.

我要開一個帳戶。

a(c)（表現主體）＋count（數數）

➡ **數數**

---

recount

[`ri͵kaʊnt]

動 詳細敘述、講述

He recounted how he had met his wife.

他詳述了自己如何與妻子相遇。

re（再次）＋count（數數）

➡ **數好幾次** ➡ **講述**

10-7　source, surge = 湧出

re**source**s

[rɪ`sorsɪz]

re（再次）＋source（湧出）

➡ 不斷湧出

名 資源、智謀、應變能力

關聯字彙 ➡ resourceful 形 富於機智的

This country is rich in natural resources.
這個國家天然**資源**豐富。

They were an energetic and resourceful people.
他們是充滿活力和**機智的**民族。

語源筆記

商業用語「外包（outsourcing）」，是指企業將公司的業務委託給外部的專業人員。這個字彙的語源是「外面（out）＋湧出（source）＋事情（ing）」。

source

[sors]

名 源頭、根源、水源
動 採購

Where's the source of this river?
這條河的源頭在哪裡?

➡ 湧出

---

surge

[sɝdʒ]

動 洶湧、蜂擁而至
名 洶湧、高漲

Why did oil prices surge?
為什麼石油價格高漲?

➡ 湧上

---

upsurge

[ʌp`sɝdʒ]

名 高漲、高潮　動 高漲、增長

There is an upsurge in computer crime.
電腦犯罪急速增長。

up(上面)+surge(湧出)
➡ 往上湧出

---

insurgent

[ɪn`sɝdʒənt]

名 叛亂者、暴動者

He was tried as an insurgent.
他被視為叛亂分子審判。

in(裡面)+surg(湧出)+ent(人)
➡ 進入裡面衝出來的人

10-8　spond, spons ＝ 誓約

re**spond**

[rɪ`spɑnd]

re（復元）＋spond（誓約）

➡ 歸還誓約

動 反應、作答

關聯字彙 ➡ response 名 反應、作答

She always responds to my e-mail.
她總是會回覆我的e-mail。

He gave no response to my e-mail.
他沒有回覆我的e-mail。

語源筆記

sponsor「贊助者」是源自「誓約（spons）＋人（or）」，原本是指接受洗禮者的保證人、支持信仰生活的人，但現在是作為「廣告業主」「資金提供者」之意。回e-mail的時候會出現「re」的字樣，這並不是來自於「回覆」的response或reply，而是源自拉丁文「關於～」之意的re。

responsibility

[rɪˌspɑnsəˈbɪlətɪ]

名 責任、責任感
responsible 形 有責任感

Having a family is a big responsibility.
擁有家庭是莫大的責任。

response（反應）+ible（能夠～）
+ity（名詞化）
➡ 能夠反應

correspond

[ˌkɔrɪˈspɑnd]

動 一致、相當、通信
correspondence 名 通信、一致、信件
correspondent 名 通訊記者、通信者

I used to correspond with Tom.
過去我曾與湯姆通信。

co(r)（一起）+respond（對應）
➡ 一起對應

spouse

[spaʊz]

名 配偶

My spouse was invited to the party.
我的配偶被招待參加派對。

➡ 誓約共度人生的人

despondent

[dɪˈspɑndənt]

形 沮喪的、沒有精神的

He looks despondent.
他看起來很沮喪。

de（下面、分離）+spond（誓約）
+ent（形容詞化）
➡ 沒有誓約

Chapter

11

ab(ad)-, dis-

(從～離開、不是～)

ab(ad)-, dis-
（從～離開、不是～）

ab是拉丁文「從～離開」的意思。ab接在m, p, v前面會變成a。dis是拉丁文「離開」的意思，引申為「不是～」的否定含意，或是「完全」。

abhor
[əbˋhɔr]

ab（從～離開）＋**hor**（顫抖、恐怖）
➡ 顫抖地離開那個地方
動 厭惡、憎惡

語源筆記

「恐怖」的horror原意是恐怖到寒毛豎立，形容詞horrible就如同字面所示，是「寒毛豎立般恐怖的樣子」。horrific, horrendous, horrid都是「恐怖」的形容詞，動詞是horrify（使發抖、震驚），統統一起記下來吧。

disconnect
[ˌdɪskəˋnɛkt]

語源筆記

connection是表示「連結」「銜接」的英文，是由「一起（con）＋連結（nect）＋事情（ion）」所組成，由於帶有「社會關係」「親屬關係」「業務往來」等寓意，所以也被衍生用作「靠關係」「走後門」。

dis（不是～）＋**connect**（連接）➡ 沒有連接
動（電話、電源）切斷、分開　**connect** 動 連接　**connection** 名 連接、關係

abominate
[ə`bɑmə͵net]

ab（從～離開）+**omin**（=**omen**）（前兆）+**ate**（動詞化）
➡ 離開不吉利的前兆
動 厭惡、痛恨

absolve
[əb`sɑlv]

ab（從～離開）+**solve**（緩和）
➡ 離開束縛緩和
動 使免除、寬恕
absolution 名 赦免

absence
[`æbsns]

ab（從～離開）+**sence**（存在）
➡ 從某個地方離開
名 不在、缺席

dishonest
[dɪs`ɑnɪst]

dishonest

honest

dis（不是～）+**honest**（誠實）
➡ 不誠實
形 不誠實的

dislike
[dɪs`laɪk]

like

dislike

dis（不是～）+**like**（喜歡）
➡ 不喜歡
動 厭惡 名 厭惡

discontinue
[͵dɪskən`tɪnju]

discontinue

continue

dis（不是～）+**continue**（繼續）
➡ 無法繼續
動 中斷

11-1　vert＝轉、朝向、轉彎

avert

[ə`vɝt]

a（＝ab從～離開）＋**vert**（朝向）

➡ 朝遠方走

動 避開、避免

關聯字彙 ➡ aversion 名 厭惡、反感

The government wanted to avert war.
政府想要**避免**戰爭。

I have an aversion to black dogs.
我很**討厭**黑狗。

語源筆記

「以一個點（uni）為中心轉動（verse）」就是「宇宙、世界」的universe。
vers有「轉動」的意思。「大學」的university的原意也是教授與學生為一
個共同體。同樣有vert字根的還有彎曲的「脊椎」vertebra、「脊椎動物」
vertebrate等

di（分離）＋vorce（朝向）
➡ 轉朝別的方向

divorce

[də`vors]

動 離婚
名 離婚
divorced 形 離婚

She decided to divorce her husband.
她決定與丈夫離婚。

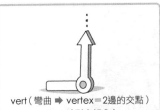

vert（彎曲 ➡ vertex＝2邊的交點）
＋ical（形容詞化）
➡ 2邊的交點 ➡ 頂點

vertical

[`vɚtɪk!]

形 垂直的、豎的

The slope seems almost vertical.
那個斜坡看起來幾乎是垂直的。

extro（外面）＋vert（轉動）
➡ 朝向外側

extrovert

[`ɛkstrovɚt]

形 個性外向的
名 個性外向的人
introvert 形 個性內向的
　　　　　名 內向的人

My son is a total extrovert.
我兒子活潑外向。

con（一起）＋vert（朝向）
➡ 改朝相同方向

convert

[kən`vɚt]

動 轉換、轉變
名 改變信仰者、皈依者
conversion 名 轉換、轉變、皈依

The king converted to Protestantism.
國王改信新教。

11-2　ant, anc ＝ 前面、額頭

advance

[əd`væns]

adv（來自～）＋**ance**（前面）

➡ 往前進

名 前進、進步　　**動** 前進

關聯字彙 ➡ **advanced** 形 先進的、高級的

You should have told her in advance.
你應該事先跟她說。

Advance two more steps.
請提前兩個步驟。

語源筆記

義大利料理中，在湯品和麵條之前會上的「前菜」antipasto，語源是「事先（anti）＋食物（pasto）」。「上午」的a.m.為ante meridiem的縮寫，是「正午（meridiem）之前（ante）」的意思。「下午」的p.m.是post meridiem的縮寫，是「正午（meridiem）之後（post）」，都是源自於拉丁文。

adv（來自～）+ant（前面）+age（名詞化）
➡ 往前進

advantage

[əd`væntɪdʒ]

名 有利條件、優點
disadvantage 名 不利條件、短處
advantageous 形 有利的

There are many advantages to city life.

都市生活有很多便利之處。

anc（前面）+ient（形容詞化）
➡ 前面的

ancient

[`enʃənt]

形 古代的

Latin is an ancient language.

拉丁文是古老的語言。

ant（前面）+ique（形容詞化）
➡ 前面的

antique

[æn`tik]

形 古代的、古式的
名 骨董、古風
antiquity 名（尤指中世紀前的）古代

My hobby is collecting antiques.

我的興趣是蒐集骨董。

an（前面）+ces（走）+or（人）
➡ 先走的人

ancestor

[`ænsɛstə]

名 祖宗、祖先
ancestry 名 世系、血統

Her ancestors came from Russia.

她的祖先來自俄羅斯。

11-3　loose, solve ＝ 解開、鬆弛

absolute

[`æbsə‚lut]

ab（分離）＋**solute**（解開）

➡ 自由的

形 完全的、絕對的

關聯字彙 ➡ **absolutely** 副 絕對地、完全地

I'm an absolute beginner.
我**完全**是初學者。

You are absolutely right.
你**絕對**是正確的。

語源筆記

日本女高中生喜歡穿的鬆垮襪子——「泡泡襪（loose socks）」一度成為流行風潮，但這其實是和式英文。lose表示「失去」，和loss「損失」為相同語源，從消失不見的意象衍生出careless「不注意」、useless「無用的」、homeless「無家可歸」等字尾為less的單字。

solute（解開）+ion（名詞化）
➡ 解開

solution

[sə`luʃən]

名 解決辦法、溶解
solve 動 解答、解決

There's no simple solution to this problem.

這個問題沒有簡單的解決之道。

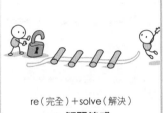

re（完全）+solve（解決）
➡ 解開迷惑

resolve

[rɪ`zalv]

動 解決、決心、決議
resolution 名 解決、決議、堅定
resolute 形 果敢的

The problem will soon resolve itself.

問題很快就會迎刃而解。

dis（分離）+solve（解開）
➡ 完全溶化

dissolve

[dɪ`zalv]

動 溶化、溶解、分解
dissolution 名 消除、溶解

Dissolve the sugar in warm water.

將糖溶於溫水中。

loose（鬆弛）+en（動詞化）
➡ 鬆開

loosen

[`lusn]

動 鬆開、解開
loose 形 鬆的、解開（結）、鬆散的

Don't loosen your tie.

不要鬆開領帶。

11-4　loc＝場所

dislocate

[ˋdɪsləˌket]

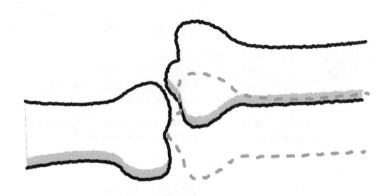

dis（分離）＋**loc**（場所）＋**ate**（動詞化）

➡ 到很遠的地方

動 使脫臼、弄亂

關聯字彙 ➡ dislocation **名** 脫臼、混亂

I dislocated my shoulder.
我的肩膀脫臼。

The typhoon caused considerable dislocation to air traffic.
颱風造成空中交通大亂。

語源筆記

有「當地的」「該土地的」之意的local，是源於拉丁文中表示「場所」「位置」的locus，英文則是location。「蒸汽火車」的locomotive，語源是「從某地（loco）移動（motive）到某地」。

locate

[lo`ket]

動 (be located) 把～設置在、確定～地點

location **名** 場所、位置

loc（場所）＋ate（動詞化）

➡ 把東西放在某地

The city of Banqiao is located in the northwest part of New Taipei City.

板橋位在新北市的西北部。

---

allocate

[`ælə͵ket]

動 分派、分配

allocation **名** 分派、分配

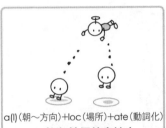

a(l)（朝～方向）＋loc（場所）＋ate（動詞化）

➡ 放在某個特定地方

The money was allocated to each member.

這筆錢會分給所有成員。

---

relocate

[ri`loket]

動 遷移、調動

relocation **名** 遷移

re（再次）＋loc（場所）＋ate（動詞化）

➡ 改變地方

The company relocated to Tainan City.

這家公司搬遷到台南市。

---

collocate

[`kalə͵ket]

動 排列、布置、（詞）組合

collocation **名** 排列、搭配詞組

col(con)

co(l)＋loc（場所）＋ate（動詞化）

➡ 放在同一個地方

"Strong" collocates with "coffee".

「strong」是「coffee」的搭配詞。

255

11-5　turb, stir, stor ＝ 團團轉、擾亂

dis**turb**

[dɪs`tɜb]

dis（完全）＋**turb**（擾亂）

➡ 完全擾亂

動 妨礙、擾亂

關聯字彙 ➡ disturbance 名 騷動、暴動、混亂

Don't disturb me.
請不要打擾我。

He was imprisoned for causing a disturbance.
他因為引起暴動而入獄。

語源筆記

如同颱風以颱風眼為中心旋轉，「風暴」的storm語源是「團團轉」，thunderstorm是「雷雨」、snowstorm是「暴風雪」。在團體內提出各種想法來解決問題的方式稱brainstorming「腦力激盪」。雖然拼法稍有不同，但「困難」「麻煩」的trouble也是相同語源。藉由轉動取得動力的「渦輪發動機」是turbine。

stir

[stɝ]

動 攪拌、搖動
名 混亂、攪拌

Stir your coffee.
請攪拌你的咖啡。

➡ 擾亂

perturb

per（透過）＋turb（混亂）
➡ 完全搞亂

[pəˋtɝb]

動 使不安、使心緒不寧

She seemed a little perturbed.
她好像有點心神不寧。

troublesome

trouble（麻煩）＋some（形容詞化）
➡ 麻煩

[ˋtrʌbḷsəm]

形 麻煩的、棘手的

That teacher has a troublesome class.
那個老師的課很麻煩。

turbulence

turb（擾亂）＋ence（名詞化）
➡ 擾亂

[ˋtɝbjələns]

名 亂流、動亂
turbulent 形 狂暴的、動盪的

We encountered severe turbulence during the flight.
航程中遇到嚴重的亂流。

11-6　tribe, tribute＝給予、分配

distribute

[dɪ`strɪbjʊt]

dis（分離）＋**tribute**（給予）

➡ 分別給予

動 分發、分配、散布

關聯字彙 ➡ distribution 名 分配、分布

Blankets were distributed to the refugees.
把毛毯**分發**給難民。

Food distribution was difficult.
很難**分配**食物。

語源筆記

「種族」「部族」的tribe，語源是「3個（tri）＋有（be）」，來自於古羅馬人在政治和風俗上，分為拉丁人、塞賓人、伊特魯利亞人三個民族。《芝加哥論壇報》（*Chicago Tribune*）的tribune是指古羅馬時代從平民當中選出來的「護民官」。

contribute

[kən`trɪbjut]

動 捐獻、貢獻
contribution 名 捐款、貢獻

I want to contribute to the company.

我想要對公司有所貢獻。

con（一起）＋tribute（給予）
➡ 一起給

attribute

動 [ə`trɪbjʊt]；名 [`ætrə͵bjut]

動 把～歸咎於、把～歸因於
名 屬性、特質

He attributed his failure to bad luck.

他把自己的失敗歸咎於運氣不好。

a(t)（朝～方向）＋tribute（給予）
➡ 因為～而給

retribution

[͵rɛtrɪ`bjuʃən]

名 報答、報復

The disaster was considered divine retribution.

這場災害是天譴。

re（復元）＋tribute（給予）＋ion（名詞化）
➡ 報復

tribute

[`trɪbjut]

名 進貢、貢物、稱頌

They paid tribute to his courage.

他們對他的勇氣讚譽有加。

➡ 3個民族為了和平和保護回饋
而奉獻的物品

11-7　grat, gree ＝ 喜悅、快樂

disagree

[͵dɪsə`gri]

dis（不是～）＋**a**（朝～方向）＋**gree**（喜悅）

➡ 不高興

動 意見不合、不一致

關聯字彙 ➡ disagreement **名** 不一致、矛盾
　　　　　 disagreeable **形** 討厭的、不愉快的

I disagree with your opinion.
我**不同意**你的意見。

I've never seen such a disagreeable man.
我從沒見過這麼讓人**討厭**的男人。

語源筆記

「謝謝」的義大利文是Grazie，西班牙文是Gracias，都是源於拉丁文表示「使喜悅」「使快樂」的gratus。英文的grace原意是「使快樂」，現在是表示「優美」「優雅」之意。

a（朝～方向）+ gree（喜悦）
➡ 走向喜悦

agree
[ə`gri]
動 同意、意見一致
agreeable 形 宜人的
agreement 名 同意、協定、承諾

I agree with you.
我同意你的看法。

---

grat（喜悦）+ ful（形容詞化）
➡ 喜悦

grateful
[`gretfəl]
形 感謝、感激的

I'm grateful to him.
我很感謝他。

con（一起）+ grat（喜悦）+ ate（動詞化）
➡ 一起歡樂

congratulate
[kən`grætʃə,let]
動 祝賀
congratulation 名 祝賀詞、慶賀

I congratulate you on your promotion.
恭賀榮升。

grat（喜悦）+ itude（名詞化）
➡ 喜悦

gratitude
[`grætə,tjud]
名 感謝
gratuity 名 賞錢、小費
gratify 動 使高興

This is a token of my gratitude.
這代表我的感激之意。

11-8　au(d), ey ＝ 聆聽、聽見

disobey

[ˌdɪsə`be]

dis（不是～）＋ob（朝～方向）＋ey（聆聽）

➡ 不聽

動 不服從、違反

關聯字彙 ➡ disobedient 形 不服從
　　　　　disobedience 名 反抗、違反

We disobeyed our teacher.
我們不服從老師。

He was disobedient to his father.
他違抗父親。

語源筆記

audio是播放或錄製音樂或其他聲音的裝置，語源是拉丁文表示「聽見」之意的audire。徵選歌手或演員時進行的audition「選秀、試聽」，原意是「聆聽」。

obey

ob（朝～方向）＋ey（聆聽）
➡ 聽～說的話

[ə`be]
動 遵守、服從
obedient 形 服從的、順從的
obedience 名 服從、順從

We'd better obey his orders.
我們最好要服從他的命令。

audience

aud（聆聽）＋ence（名詞化）
➡ 聆聽

[`ɔdɪəns]
名 聽眾、觀眾

There was a large audience in the hall.
會場有很多觀眾。

auditorium

aud（聆聽）＋it（被）＋rium（場所）
➡ 可以聽到的地方

[,ɔdə`torɪəm]
名 禮堂、觀眾席

We have a school assembly in the auditorium today.
今天我們在禮堂舉行全校集會。

audit

aud（聆聽）＋it（被）
➡ 被聽到

[`ɔdɪt]
名 查帳
動 查帳、旁聽

The company was audited last week.
該公司上星期被查帳。

Chapter

12

被當成字首的字根

12-1　sacr, saint, sanct ＝ 神聖

sacrifice

[ˈsækrəˌfaɪs]

sacr（神聖）＋ify（做、製作）＋ice（名詞化）

➡ 成為聖潔之物

名 犧牲、祭品　動 犧牲

They killed a sheep as a sacrifice.
他們殺了一隻羊當祭品。

He sacrificed his life to save us.
他犧牲生命救了我們。

語源筆記

加州首府沙加緬度（Sacramento），原意是「神聖（sacra）＋物（ment）」，意指「流動的神聖河川」。「聖人」的saint也是相同語源。聖誕老人（Santa Claus）是源自小亞細亞的米拉（現今的土耳其）真實存在的基督教主教聖尼古拉斯（St. Nicholas）。

sacr（神聖）＋ed（形容詞化）
➡ 神聖的

sacred

[`sekrɪd]

形 神聖的、鄭重的

In India the cow is a sacred animal.

牛在印度是神聖的動物。

sanct（神聖）＋ion（名詞化）
➡ 神的意志

sanction

[`sæŋkʃən]

名 批准、認可

動 制裁、認可

They took economic sanctions against the country.

他們對該國採取經濟制裁。

saint（神聖）＋ary（場所）
➡ 神聖的地方

sanctuary

[`sæŋktʃʊ͵ɛrɪ]

名 聖所、保護區

Women were not allowed to enter that sanctuary.

女性不被允許進入聖殿。

con（一起）＋secr（神聖）＋ate（動詞化）
➡ 一起變神聖

consecrate

[`kɑnsɪ͵kret]

動 使聖化、尊崇、致力於

consecration 名 神聖化、奉獻

He consecrated his life to God.

他把一生奉獻給神。

12-2 pri(m), pri(n) = 最初、之前、先

priority

[praɪ`ɔrətɪ]

pri（先）＋**or**（更～）＋**ity**（名詞化）

➡ 先做的事

名 優先考慮的事、優先權

關聯字彙 ➡ **prior** 形 在前的、更重要的

Safety is our first priority.
安全是我們的第一優先考量。

He wrote his will two days prior to his death.
他在去世前兩天寫下遺囑。

語源筆記

「王子」的prince和「公主」的princess，原意都是「第一人稱」。歌劇中主要的女演唱人稱為「prima donna」，語源是來自義大利文「第一的（prima）＋夫人（donna）」。電視節目收視率最高的時間帶，稱作prime time，prime表示「最重要的」的意思。

priest

[prist]

名 神職人員

His father is a Taoist priest.

他的父親是道士。

pri（前面）＋est（人）

➡ 在人群面前成為他人的模範

principal

[`prɪnsəpl]

形 最重要的、主要的

名 校長、本金

What are the principal rivers of Europe?

歐洲主要的河川是哪一條？

prin（最初）＋cip（抓取）＋al（形容詞化）

➡ 最初抓住

primary

[`praɪˌmɛrɪ]

形 最初的、主要的

My primary concern is your health.

我最最在意的是你的健康。

prime（最初）＋ary（形容詞化）

➡ 最初的

primitive

[`prɪmətɪv]

形 原始的、原始時代的

There are still primitive tribes in some parts of the world.

在世界某些地區，仍存在著原始的部落。

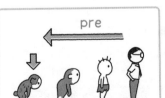

pre

prime（最初）＋ive（形容詞化）

➡ 最初的

12-3　alter,ali＝別的

alien
[ˋeliən]

ali（別的）＋**en**（人）

➡ 從別的地方來的人

名 外星人、外國人　　形 外國的、性質不同的

I feel like an alien in America.
我覺得自己在美國**格格不入**。

The idea is alien to their religion.
這種想法在他們的宗教屬於**異端**。

語源筆記

alibi「不在場證明」是指在犯罪發生時，人在他處的證明，源自拉丁文表示「別的」的alibi，更可回溯到印歐祖語代表「越過～」的al。「其他（other）」及「另外（else）」也是來自相同語源。

alienate

[`eljən͵et]

動 使疏遠、離間

His inconsiderate behavior alienated his friends.

他自私的行為讓朋友都疏遠了。

alien（外國的）＋ate（動詞化）
➡ **疏遠**

alter

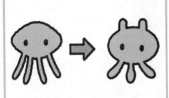

[`ɔltə]

動 （部分）改變、修改
alteration 名 變更、修改

I had my pants altered.

我修改了長褲。

➡ **變成別的東西**

alternate

形 [`ɔltə͵nɪt]；動 [`ɔltə͵net]
形 交替的、間隔的
動 使交替
alternation 名 交代

They go to school on alternate Saturdays.

他們隔週六去學校。

alter（改變）＋ate（形容詞化）
➡ **替代**

alternative

[ɔl`tɝ͵nətɪv]

形 替代的、可選擇的
名 選擇

He had no alternative but to resign.

他只能辭職，別無選擇。

alternate（交替）＋ive（形容詞化）
➡ **交替**

12-4　amb＝周圍、兩者

ambition

[æmˋbɪʃən]

amb（周圍）＋it（走）＋ion（名詞化）

➡ 四處走走

名 雄心、抱負、野心

關聯字彙 ➡ ambitious 形 野心的

His ambition is to travel around the world.
他的夢想是環遊世界。

He is an ambitious politician.
他是一位**野心勃勃**的政治家。

語源筆記

札幌農學校的首任校長克拉克博士有句名言「少年啊！要胸懷大志」，英文原文是「Boys, be ambitious.」。ambitious的語源是「周圍（amb）＋走（it）＋形容詞（ious）」，來自以前選舉時候選人要四處拜票。ambassador是從「為了自己的國家四處走動的人」轉化為「使節」「大使」之意。

ambi(雙方)+val(價值)+ent(形容詞化)
➡ **兩者都有價值**

ambivalent

[æm`bɪvələnt]

形 矛盾的、猶豫的
ambivalence 名 猶豫、舉棋不定

She is ambivalent about getting married.
她對結婚一直猶豫不決。

amb(周圍)+le(反覆)
➡ **四處走來走去**

amble

[`æmbl̩]

動 漫步
名 從容輕鬆的步伐

Let's go for an amble.
我們去散步吧。

amble(散步)+ance(名詞化)
➡ **漫步**

ambulance

[`æmbjələns]

名 救護車

Somebody call an ambulance!
誰趕快幫忙叫救護車!

amph(雙方)+bi(活的)+an(東西)
➡ **水陸兩棲的生物**

amphibian

[æm`fɪbɪən]

名 兩棲動物
amphibious 形 兩棲動物的

The frog is an amphibian.
青蛙是兩棲類。

12-5　bene, bono ＝ 好的

benevolent

[bə`nɛvələnt]

bene（好的）＋vol（想法）＋ent（形容詞化）

➡ 抱持好的想法

形 仁慈的、善意的

關聯字彙 ➡ benevolence 名 仁慈

He is respected as a benevolent teacher.
他是一位**仁慈的**老師。

The king was known for his benevolence.
國王以**仁慈**著稱。

語源筆記

「獎金」的bonus是源於拉丁文的「好東西」，bono和bene都有「好」的意思。拉丁文中「日安」是Bonjour，語源是「好的（bon）＋日子（jour）」，義大利文是Buon giorno、西班牙文是Buenos dias。

benign

[bɪˋnaɪn]

形 良性的、親切的

The tumor turned out to be benign.

腫瘤結果是**良性的**。

beni（好的）＋gn（＝gen產生）

➡ 產生好的

benefactor

[ˋbɛnəˌfæktɚ]

名 恩人、捐助人

A private benefactor donated $390,000.

一位私人**捐助者**捐贈了39萬美金。

bene（好的）＋face（做）＋or（人）

➡ 做好事的人

bonito

[bəˋnito]

名 鰹魚

Dried bonito is used in Japanese cuisine.

柴魚片用於日本料理。

➡ 好的魚

bounty

[ˋbaʊntɪ]

名 慷慨、補助金、獎金

bountiful 名 大量的

There is a bounty on his head.

他的項上人頭有懸賞。

boun（好的）＋ty（名詞化）

➡ 好事

12-6　mag, may, maj, max ＝ 大的

major

[ˋmedʒɚ]

maj（大的）＋**or**（更）

➡ 更大的

形 較大的、重要的　　動 主修

關聯字彙 ➡ **majority** 名 大多數

I majored in English literature.
我主修英國文學

The majority of people were against the proposal.
大多數的人都反對該提案。

語源筆記

希臘文字母從 α 開始，到 Ω 結束，所以「omega」在英文中是「最後」「男性」的意思。Ω 相當於英文中長音的 O，原意是「龐大（mega）O」。希臘文「龐大（mega）」源於印歐祖語的 meg，經由拉丁文傳入英文後，轉變為 may, maj, mag 等。地震震度等級是以 magnitude 表示。

magnify

[`mægnə‚faɪ]

動 擴大、誇張

magnificent **形** 壯大的

He tends to magnify his troubles.
他往往對自己的困擾誇大其辭。

mag（大的）＋ity（動詞化）
➡ 變大

mayor

[`meɚ]

名 市長

Who is the mayor of this city?
誰是本市的市長？

may（大的）＋or（人）
➡ 偉大的人

majesty

[`mædʒɪstɪ]

名 雄偉、莊嚴、陛下

I was stunned at the majesty of the pyramid.
金字塔的雄偉令我震懾。

maj（大的）＋ty（名詞化）
➡ 巨大、偉大

maximum

[`mæksəməm]

名 最大限度

形 最大限度的

What is the maximum speed of this car?
這輛車最高速限是多少？

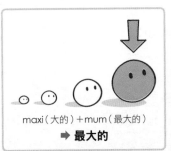

maxi（大的）＋mum（最大的）
➡ 最大的

12-7　mal＝惡

malice

[ˈmælɪs]

mal（惡）＋**ice**（名詞化）

➡ 壞事

名 **惡意、敵意**

關聯字彙 ➡ **malicious** 形 **惡意的**

He did it out of sheer malice.

他完全是出於**惡意**。

Who spread the malicious rumor?

誰散布**惡意**謠言？

語源筆記

發生於熱帶、亞熱帶地區的malaria「瘧疾」,是源於拉丁文「惡（mal）＋空氣（aria）」,是由寄生蟲感染引起的疾病,而蚊子是媒介。但是以前認為這種疾病是因為濕地的「瘴氣」所導致。

mali（惡）＋gn（出生）
➡ 本性邪惡

malign

[mə`laɪn]

形 有害的、惡意的

動 中傷

She gave me a malign look.

她給了我一個惡毒的表情。

mal（惡）＋gn（出生）＋ant（形容詞化）
➡ 產生邪惡

malignant

[mə`lɪgnənt]

形 惡性的、有惡意的

The tumor was malignant.

腫瘤是惡性的。

mal（惡）＋ady（擁有）
➡ 有不好的東西

malady

[`mælədɪ]

名 弊病、疾病

Malaria is a kind of serious malady.

瘧疾是一種嚴重的疾病。

male（惡）＋vol（想法）＋ent（形容詞化）
➡ 有邪惡的想法

malevolent

[mə`lɛvələnt]

形 有惡意的、幸災樂禍的

Why is he always so malevolent?

為什麼他總是這麼惡毒？

12-8　micro＝小的、微小的

microscope

[ˈmaɪkrəˌskop]

micro（小的）＋scope（看見）
➡ 可以看見小東西的機器

名 顯微鏡

關聯字彙 ➡ microscopic 形 只能從顯微鏡裡看到的、微小的

He observed it under the microscope.
他在顯微鏡下觀察。

Microscopic cracks were found in the bone.
發現骨頭上有顯微鏡才看得到的傷痕。

語源筆記

「密克羅尼西亞（Micronesia）」是拉丁文的micro（小的）和希臘文的nesos（島）所組合而成，原本是「小島」的意思。而「玻里尼西亞（Polynesia）」是希臘文「數量很多的島嶼」之意，和「美拉尼西亞（Melanesia）」同樣是源於希臘文，表示「黑色的島群」。

micro（小的）＋be（生命）
➡ 微小的生命

microbe

[ˋmaɪkrob]

名 微生物

She discovered a new microbe.

她發現了新的微生物。

mirco（小的）＋cosm（世界）
➡ 微小的世界

microcosm

[ˋmaɪkrəˏkazəm]

名 小宇宙、小世界、縮圖

The family is a microcosm of society.

家庭是社會的縮影。

micro（小的）＋phone（聲音）
➡ 將微小的聲音放大的機器

microphone

[ˋmaɪkrəˏfon]

名 麥克風、擴音器

Will you speak into the microphone?

可以請你用麥克風講話嗎？

micro（小的）＋wave（波）
➡ 短波

microwave

[ˋmaɪkroˏwev]

名 微波、微波爐
動 微波加熱

Heat it up in the microwave.

請用微波爐加熱。

12-9 mater, metro = 母親、物品

matter
[ˋmætɚ]

樹幹 ➡ 建造房子的木材 ➡ 材料 ➡ 物品

名 事情、問題、事件、物質　動 要緊

It's a matter of great interest.
這是讓人很感興趣的事情。

It doesn't matter if he succeeds or not.
成功與否不重要。

語源筆記

法國巴黎的地下鐵簡稱為「Metro」，是取自法文的Chemin de Fer Métropolitain，也就是「大都市的鐵路」之意。「大都市」的metropolis的語源是「metro（母親）＋polis（都市）」，可追溯自印歐祖語表示「母親」之意的mater，最終傳到英文變成mother（母親）。

material

[mə`tɪrɪəl]

形 物質的、重要的
名 材料、物質

I'm collecting material for a book.
我正在收集做書的**素材**。

matter（物品）＋ial（形容詞化）
➡ **物質的**

---

maternal

[mə`tɝn!]

形 母親的、母性的
maternity 名 母性、（形容詞）孕婦的

Every woman has maternal instincts.
每個女人都有**母性**本能。

mater（母親）＋al（形容詞化）
➡ **母親的**

---

metropolitan

[ˌmɛtrə`palətn̩]

形 主要都市的、大都市的
metropolis 名 主要都市、大都市

She wants to live in a metropolitan area.
她住在**大都市**。

metro（母親的）＋polis（都市）＋an（形容詞化）
➡ **母城**

---

matriculate

[mə`trɪkjəˌlet]

動 准許～入學、錄取～進入大學
matriculation 名 大學入學許可

My son matriculated at Cheng Kung University.
我兒子**錄取**成功大學。

matrix（母體）＋ate（動詞化）
➡ **進入母體** ➡ **成為母校**

12-10 gli, gla, glo = 光輝

glow
[glo]

➡ 光輝

動 灼熱、發光　**名** 光輝、光亮

I saw the evening sun glowing pink.
我看到夕陽閃耀著粉色光芒。

Look at the evening glow.
欣賞晚霞。

語源筆記

「玻璃」的glass，是源於印歐祖語「光輝」之意的ghel。經由日耳曼文傳入英文後，很多gla、gli、glo開頭的單字都有此意。讓嘴唇有光澤的化粧品「珠光唇膏（lip gloss）」，gloss也有「光潤、光澤」之意。「金」是gold，以往荷蘭的貨幣單位是「基爾德（guilder）」，正如字面所示，就是「金」的意思。

glitter

[ˋglɪtɚ]

動 閃閃發光、閃爍

名 閃光、閃耀

All that glitters is not gold.

不是所有閃閃發亮的東西都是黃金。

gli（光輝）＋ter（反覆）

➡ **不斷閃耀**

glisten

[ˋglɪsn]

動 閃耀、閃爍

The road glistened after the rain.

大雨過後路面閃閃發光。

glis（光輝）＋en（動詞化）

➡ **閃耀**

glare

[glɛr]

動 怒目注視、炫目地照射

She glared at me with rage.

她怒火中燒的瞪著我。

➡ **耀眼的光芒**

glimpse

[glɪmps]

名 瞥見

動 瞥見

She caught a glimpse of me.

她瞥見了我。

➡ **讓眼睛閃耀**

285

12-11 wr, war, wor ＝ 擰、彎曲

wrap

[ræp]

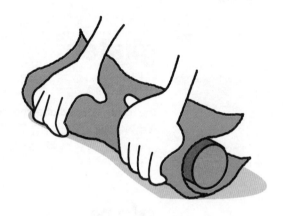

➡ 用紙或布邊捲邊包

動 包、裹

關聯字彙 ➡ wrapping 名 包裝紙

Will you wrap this?
可以幫我包起來嗎？

Don't tear the wrapping off.
不要撕掉包裝紙。

語源筆記

warp「瞬移」是利用時空的「扭曲」「歪斜」瞬間到達目的地。而wrist是可以轉動關節的「手腕」、扭轉做出來的「花圈」是wreath、扭曲身體在地上爬的「蟲」是worm、內心宛如擰在一起的「擔心」是worry、「扭曲」「不正當」「錯誤」是wrong、扭曲身體「格鬥」則是wrestle、扭轉固定或擰緊的是wrench。

wring

[rɪŋ]

動 絞、擰

Will you wring out this wet towel?
可以幫我把濕毛巾擰乾嗎?

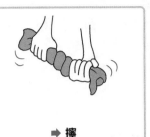

➡ 擰

wrinkle

[`rɪŋk!]

名 皺紋　動 使起皺紋

This shirt wrinkles easily.
這件襯衫很容易起皺。

➡ 衣服或紙張擰過後
　產生的皺褶

weird

[wɪrd]

形 怪誕的、神秘的

I had a weird dream last night.
我昨晚做了一個怪誕的夢。

➡ 扭曲

wrath

[ræθ]

名 憤怒、報復的行為

Who wrote *The Grapes of Wrath*?
《憤怒的葡萄》的作者是誰?

➡ 氣到表情扭曲

12-12　ac(u), acer, acro ＝針、銳利、聳立

acute

[ə`kjut]

➡ 被針刺到時的劇烈疼痛

形 急性的、尖銳的、劇烈的

關聯字彙 ➡ cute 形 可愛的、精明的

I had an acute pain in my stomach.
我的肚子劇烈疼痛。

Dogs have an acute sense of smell.
狗的嗅覺很敏銳。

語源筆記

表示「可愛」之意的cute是acute去掉a，由「敏銳」「聰明」衍生出來的美式英文。「特技演員（acrobat）」是來自希臘文「腳趾尖（acro）＋行走（bat）」，原意是用腳趾尖走在細細的繩索上。帕特農神殿有雅典「衛城（acropolis）」，acropolis的語源來自「高聳（acro）＋都市（polis）」。

acupuncture

[ˌækjʊˋpʌŋktʃɚ]

名 針灸療法
acupressure 名 指壓

I'm having acupuncture treatment.
我現在正在針灸。

acu(針尖)+punct(＝point刺)+ure(名詞化)
➡ 用針刺

acid

[ˋæsɪd]

形 酸、尖酸刻薄、酸性的
acidity 名 酸味、酸性
acidify 動 使酸化、使成酸性

The ecosystem is affected by acid rain.
生態系受到酸雨的影響。

➡ 舌尖刺激的感覺

acrophobia

[ˌækrəˋfobɪə]

名 懼高症

I have terrible acrophobia.
我有嚴重的懼高症。

acro(聳立→高)＋phobia(恐怖)
➡ 怕站在高處

acrid

[ˋækrɪd]

形 (味道等)刺激的、苦的、刻薄的

This medicine has an acrid smell.
這種藥的味道很刺鼻。

acri(銳利)＋id(形容詞化)
➡ 刺激的味道

12-13 phil(e)＝愛、喜歡

philosophy
[fə`lasəfɪ]

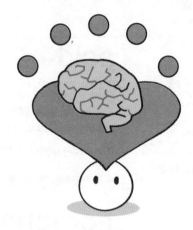

philo（愛）＋sophy（智慧）

➡ 愛智慧

名 **哲學、人生觀**

關聯字彙 ➡ philosopher 名 哲學家
philosophical 形 哲學的

I like his philosophy.
我喜歡他的**人生觀**。

His father is a famous philosopher.
他的父親是有名的**哲學家**。

語源筆記

美國都市費城（Philadelphia），是源自於希臘文「愛（phil）＋兄弟（adelphi）」的「兄弟愛」。菲律賓（Philippines）是因為西班牙飛利浦二世（Philip II）而得名，而Philip是源於希臘文「愛馬」之意的Philippos。

philology

philo（愛）+log（語言）+y（名詞化）
➡ 喜愛語言的學問

[fɪˋlalədʒɪ]

名 語言學、文獻學

I'm going to major in comparative philology.

我想要主修比較語言學。

philanthropist

phil（愛）+anthrop（人類）+ist（人）
➡ 喜愛人類的人

[fɪˋlænθrəpɪst]

名 慈善家
philanthropy 名 博愛、慈善
philanthropic 形 博愛的、慈善的

The author is known as a philanthropist.

那個作家以慈善家為人所知。

hemophilia

hemo（血液）+philia（愛）
➡ 愛血液的疾病

[ˌhiməˋfɪlɪə]

名 血友病

Many people suffer from hemophilia.

很多人罹患血友病。

philharmonic

phil（愛）+harmony（和諧）
+ic（形容詞化）
➡ 愛好和諧

[ˌfɪləˋmanɪk]

形 愛樂團體的、愛好音樂的

The concert will be performed by Taipei Philharmonic Orchestra.

本次演奏會將由台北愛樂管弦樂團演出。

索引

粗體字代表主題字彙，細體字則為關聯字彙。

295

依字首整理排序

有該字首的單字以粗體字表示，其他章節帶有該字首的單字則以細體字表示。
▶表示字首　◎表示該字首的變化型

inter-, dia-, per-
（在～之間、穿過）

Chapter 1

sur-, trans-, super-
（在上面、超越、超過）

Chapter 2

ad-, a-
（朝～方向、朝向～）

Chapter 3

pre-, pro-
（前面）

Chapter 4

e(x)-, extr(a)-
（外面、超過）

Chapter 5

co-, con-, com-
（一起、完全）

Chapter 6

▶ con-

◎con-（基本型）

◎com-（在b, m, p開頭的字根之前）

◎co-（在母音和h, g, w開頭的字根之前）

◎col-（在l開頭的字根之前）

in-, en-, em-
（裡面、完全）

Chapter 7

in-, un-, a-
（不是～）

Chapter 8

de-, sub-

（下面）

Chapter 9

re-

（再次、向後、完全）

Chapter 10

ab(ad)-, dis-

（從～離開、不是～）

Chapter 11

特集索引

粗體字為本書《英文單字語源圖鑑2》的主題單字，細體字則為關聯字彙（單字）。以灰色呈現的單字是特別收錄自同系列前前著《英文單字語源圖鑑》及其所在的頁數，方便大家參考利用。

313

Eurasian Publishing Group 圓神出版事業機構
用心與你對話・敞好無限寬廣

如何出版社 Solutions Publishing

www.booklife.com.tw

reader@mail.eurasian.com.tw

Happy Languages 162

英文單字語源圖鑑2──圖解拆字，輕鬆學、快樂記！

作　　者／清水建二、すずきひろし
插　　畫／本間昭文
譯　　者／張佳雯
發 行 人／簡志忠
出 版 者／如何出版社有限公司
地　　址／台北市南京東路四段50號6樓之1
電　　話／（02）2579-6600・2579-8800・2570-3939
傳　　真／（02）2579-0338・2577-3220・2570-3636
總 編 輯／陳秋月
主　　編／柳怡如
責任編輯／張雅慧
校　　對／張雅慧・柳怡如
美術編輯／李家宜
行銷企畫／詹怡慧・曾宜婷
印務統籌／劉鳳剛・高榮祥
監　　印／高榮祥
排　　版／杜易蓉
經 銷 商／叩應股份有限公司
郵撥帳號／ 18707239
法律顧問／圓神出版事業機構法律顧問　蕭雄淋律師
印　　刷／祥峯印刷廠
2020年6月　初版

定價340元　　　　　ISBN 978-986-136-550-3　　　　版權所有・翻印必究

◎本書如有缺頁、破損、裝訂錯誤，請寄回本公司調換　　Printed in Taiwan

1×1＝30,000個單字！比字典有趣、好記又好用！
獨創「動態式拆解」字首、字根、字尾，
看圖秒懂單字組成和語源衍生字！
上、下兩冊一起利用，總計213個字根組合，
可有效達成等同英文母語者的字彙實力。

—— 《英文單字語源圖鑑2》

◆ **很喜歡這本書，很想要分享**

圓神書活網線上提供團購優惠，
或洽讀者服務部 02-2579-6600。

◆ **美好生活的提案家，期待為您服務**

圓神書活網 www.Booklife.com.tw
非會員歡迎體驗優惠，會員獨享累計福利！

國家圖書館出版品預行編目資料

英文單字語源圖鑑2——圖解拆字，輕鬆學、快樂記! ／
清水建二，すずきひろし 作；本間昭文 插畫；張佳雯 譯.
-- 初版 -- 臺北市：如何，2020.06
　　320 面；12.8×18.6公分 -- （Happy Languages；162）
　　譯自：続英単語の語源図鑑
　　ISBN 978-986-136-550-3（平裝）
　　1.英語　2.詞彙
805.12　　　　　　　　　　　　　　　　　　109004813